theater book 013

父との夏

高橋いさを

論創社

父との夏◉目次

装幀　栗原裕孝

父との夏

［登場人物］

○野川幸太郎
○野川哲夫（その息子）
○野川洋子（哲夫の妹）
○川上順子（哲夫の婚約者）
○金坂省平（少年兵）
○白鳥政江（洋子と二役）

1 七年ぶりの帰省

二〇〇三年、八月――夏。
舞台は、東京都下にある野川幸太郎の家。
築二十年余りの一戸建て住宅の日本間。
舞台奥に出入り口があり、人物の登場と退場はそこから行われる。
その上手側に仏壇。
壁にハンガーにかかった男ものの喪服がある。
畳敷きの部屋の真ん中に大きめの卓袱台《ちゃぶだい》。
卓袱台の上にいくつかグラスがのった盆。
座布団は脇に寄せられて置いてある。
舞台手前に小さな庭があり、そこからも人物は登場する。
回想の場面は庭面を使用する。
遠くで蝉の鳴き声――夕刻。
玄関の開く音。

順子（声）　こんにちはッ。
洋子（声）　いらっしゃいッ――あれ、一人？

順子（声）うん。
洋子（声）兄さんは？
順子（声）川見てくるとか言って——そこに。
洋子（声）もー何やってんのよッ。ささ、入ってッ。

やって来る洋子。続いて、順子。

洋子　さ、どうぞどうぞッ。汚いトコですけど。さあ、どうぞ。
順子　お邪魔します。

洋子はパンツ・ルック。順子はサマー・ドレス。
順子は菓子折りの包みを持っている。
洋子、前方の庭先へ行き、

洋子（外へ）兄さん、何してるのよッ。早く来てッ。（順子に）いっしょに来ないでどうするのよねえ。
順子　お父さんは？
洋子　もうすぐ帰ってくる。釣りに行っちゃったのよ。
順子　そう。
洋子　それより、どう？
順子　え？
洋子（庭面を示す）

順子　大丈夫。来る前にもちゃんと話はしたから。
洋子　……そう。
順子　どうかしたの？
洋子　そんなたいしたことじゃないんだけど。
順子　うん。
洋子　最近、何となくヘンなのよ、お父さん。
順子　からだの具合でも？
洋子　じゃなくて――何となく情緒不安定って言うか。
順子　……。
洋子　――来た。

と哲夫が庭先に出てくる。
バッグを持ったラフな格好の四十代の男。
洋子と順子、不安を消して平静を装う。

洋子　何突っ立ってんのよ。
哲夫　できたんだ――。
洋子　え？
哲夫　あれ。（と前方を示す）
洋子　ああ、橋ね。とっくよ。
哲夫　いつ完成したの？

洋子　もうずっと前。
哲夫　……へえ。
洋子　懐かしい？
哲夫　まあ、な。
洋子　しばらくぶりだもんね。

哲夫、縁側に座って靴を脱ごうとする。

洋子　玄関から入ってよ、我が家なんだから。
哲夫　（腰を上げ）……親父は？
洋子　すぐ戻ってくるわよ。
哲夫　どこ行ったの？
洋子　釣りよ、釣り。
哲夫　釣り？
洋子　うん。
哲夫　いいのかよ、そんなことして。
洋子　さあ。
哲夫　さあって――手術したんだろ。
洋子　あたしに聞かないでよ。
哲夫　だってお前、電話で今にも死にそうだとか何とか。
洋子　ちょっと大袈裟に言ったかも。ハハ。

哲夫　ハハじゃねえよ。……ッたく、オレだってそんなに暇じゃねえんだからな。
洋子　兄さん、そうでも言わなきゃ帰ってこないじゃない。
哲夫　別に（そんなことはない）……。
洋子　いいじゃない。もう何年も帰ってきてないんだから。いい機会。顔見せて親孝行しなさいッ。
哲夫　何だよ、せっかく帰ってきたのに、出迎えもせずに。

哲夫、バッグを持って玄関の方へ去る。

順子　あ、これ、つまらないものですけど。

と菓子折りを差し出す順子。

洋子　ご丁寧に。（とそれを受け取る）
順子　アップルパイ、お好き？
洋子　大好き。ハハハハハ。
順子　よかった。それにお母さんの大好物だって聞いたから。
洋子　そうなのよ。いただきます。

哲夫、部屋に入ってくる。

哲夫　すげえ人だよ――駅前。

洋子　ああ――今日はね。もうすぐ花火大会だから。
順子　何時からでしたっけ？
洋子　七時半から。御飯、食べたら行ってきなさいよ、二人で。
哲夫　（どこに置いていいか迷い）……バッグ、ここでいいか。
洋子　どこでもいいわよ、そんなのッ。

と菓子折りを仏壇に供える洋子。

洋子　よく覚えてたわね。
哲夫　何が。
洋子　これ――アップルパイ。母さんが好きだったってこと。
哲夫　まあな。
洋子　あ、お線香あげてね、お母さんに。
哲夫　……。
洋子　何よ。
哲夫　やけにかいがいしいじゃねえか。何か企んでるんじゃねえのか。
洋子　何も企んでなんかないわよ。何言ってんのよ。
順子　……。
洋子　ほら、座ってないでお線香あげて。

哲夫、壁の喪服を見て、

哲夫　誰か亡くなったの？
洋子　え――ああ、お父さんの友達。
哲夫　豆腐屋のおじさん？
洋子　じゃなくて、戦争の時の――。
哲夫　誰？
洋子　金坂さんよ。
哲夫　誰だっけ。
洋子　ほら、子供の時、一度、千葉の海行ったじゃない。お父さんの戦友の。ホテル経営してる。
哲夫　ああ――こんな太った親父だ。
洋子　そうそう。母さんの葬式ですごいハリキって働いてた――。
哲夫　いつ？
洋子　先週よ、脳溢血だって。
哲夫　ふーん。

哲夫、仏壇の前に来る。

洋子　（哲夫に）七年分、ちゃんと拝んでね。
哲夫　……。
順子　洋子さんも大変よね。
洋子　何が？

順子　その後、哲夫さんからいろいろ——。
洋子　どうせロクなこと言ってないでしょうけど。

哲夫、線香に火をつけて、香炉《こうろ》に立てる。
チーンと真鍮《しんちゅう》のりんを鳴らす。

哲夫　（手を合わせる）
洋子　なんて？
順子　ハイ？
洋子　なんて言ってる、あたしのこと？
順子　「親父の面倒、みんな押しつけちゃってほんとにすまない」って。
洋子　そう言えって言われたんでしょ。
順子　違うわよ。ほんとに——。
洋子　へえ。こんな浮き世離れしたアニキでも、一応、人並みのこと考えるんだ。
哲夫　それより、洋子。お前はどうなんだよ。
洋子　何よ、どうって？
哲夫　その後だよ。お前だっていつまでも一人ってわけいかないだろ。
洋子　しばらく男はパス。
哲夫　そんな呑気なこと言ってられる場合かよ。年齢《とし》を考えろ。もうそんなに若くないんだからな、お前も。
洋子　ハハハハハ。

哲夫　何だ。
洋子　お兄様からそんな説教されるとは思わなかった。
哲夫　ふざけるな。真面目な話だ。
順子　大丈夫よ。洋子さん、まだこんなにキレイなんだから。
洋子　もうすぐ汚くなるってこと、それ。
順子　あ、いえ、別に――ハハ。ゴメンなさい。
洋子　ハハハハハ。
順子　お店はどこに？　近くにあるんですか。
洋子　通ってこなかったの？
哲夫　遠回りじゃないか。
洋子　たった二、三分じゃない。(順子に) 駅前の商店街にあるの、お店は。
順子　そうなの。
洋子　あらヤだ。あたし、お茶も出さないで。すぐ――。ゆっくりしてね。我が家だと思って。
順子　どうも。

と部屋から出ていく洋子。
哲夫の横に来る順子。

順子　どう？
哲夫　どうって？
順子　七年ぶりの我が家は？

哲夫　別に。
順子　よかったじゃない。
哲夫　何が。
順子　お父さん、元気みたいで。
哲夫　けど、アイツもアイツだよ。電話じゃ今にも死ぬかもしれないみたいなこと言っといてさ。
順子　帰ってきてほしかったのよ。だから、そんな嘘をついたんじゃないの。
哲夫　……。
順子　何となくあたしはわかるけどな。
哲夫　何が。
順子　洋子さんの気持ち。
哲夫　何だよ。
順子　この前、紹介してもらった時にいろいろとね。
哲夫　何だよ、いろいろって。
順子　あなた長男でしょ。妹さんだっていつまでもお父さんの世話ばかりじゃアレだもの。だから、あなたに帰ってきてもらって、いろいろ手伝ってほしいこともあるのよ。
哲夫　……。
順子　あたしはそんなに悪い仕事だと思わないけどな。
哲夫　何が。
順子　自転車屋さん。
哲夫　お前は何も知らないからそんなこと言えるんだよ。
順子　そうかな。

哲夫　あれ大変なんだよ。朝から晩まで他人《ひと》の乗る自転車のボルトくりくり回して、パンクしたタイヤに空気入れて、油で手なんか真っ黒で。洗っても落ちないんだよ、あの油。

順子　ふーん。（外を見て）橋――。

哲夫　ああ、川がすぐそこにあるから。

順子　そう言ってたもんね。

哲夫　あの橋さ。

順子　うん。

哲夫　オレが親父とアレしてこのうち出た時にはまだ造ってる最中だったんだ。

順子　へえ。

哲夫　よく覚えてる。ここから見た造りかけの橋。

順子　……。

と洋子が冷えた麦茶と瓶ビールを持って戻ってくる。

洋子　帰ってきた、お父さん。

哲夫　……。

と庭先から野川幸太郎がのそっとやって来る。
帽子を被り、手に釣り竿を持っている。

幸太郎　よう。

哲夫　……どうも。
洋子　父です。
順子　はじめまして。川上順子です。
幸太郎　どうもどうも、よく来てくれました。すまんな、こんな格好で。
洋子　ほんとよ。せっかく一人息子が彼女、連れて久し振りに帰ってきたっていうのに。
幸太郎　もっと早く帰るつもりだったんだが、川で本村さんに会ってな。
洋子　いいから、早くこっちにッ。
幸太郎　うむ。
洋子　釣れたの、何匹かは。
幸太郎　いや――。

と、幸太郎は縁側に座って、長靴を脱ごうとする。

洋子　玄関から入ってよ。靴下、あっちで脱いでから。
幸太郎　……。
順子　（哲夫を見て）ふふふふ。親子よね。
哲夫　……。

洋子、麦茶をコップに入れながら、

洋子　元気なの、本村さん？

幸太郎　ああ。もうすっかりいいみたいだ。
洋子　父の釣り仲間なの。駅前の乾物屋の旦那さん。
順子　はあ。
哲夫　大丈夫なのかよ、釣りなんかして。
幸太郎　大丈夫だ。
哲夫　まったく洋子が電話で大袈裟なこと言うから、心配したよ。
幸太郎　……。
洋子　ほら、お父さん——早く。

幸太郎は玄関の方へ去る。

洋子　お茶どうぞ。（と麦茶を出す）
順子　いただきます。
洋子　ハイ、兄さんも。（と出す）
哲夫　……。
洋子　何よ。
哲夫　痩せたな、親父。
洋子　手術してから少しね。（奥に）お父さん、着たもの洗うんならそこに脱ぎ捨てないでねッ。

順子、写真立てを手に取る。
幸太郎、哲夫、洋子——そして母親の政江の写った家族写真。

順子　これが、お母さん?
洋子　あ、そう。
順子　何年前でしたっけ、お亡くなりになったの。
洋子　今年で七回《しちかい》忌《き》。
順子　(写真の)哲夫さん、若いッ。
哲夫　……。
洋子　兄さん。
哲夫　何だよ。
洋子　少しは愛想よくしてね、お父さんに。
哲夫　わかってるよ。
洋子　喧嘩はもうたくさんだからね。
順子　大丈夫——あたしもいますし。
洋子　そうね。ふふ。

順子、線香をあげる。
と幸太郎が部屋へ戻ってくる。

洋子　ヤだ、お父さん。着替えないの?　お客さんがいるのに。
幸太郎　自分の家だ。
洋子　あ、これいただいたの、アップルパイ。

幸太郎　そうか。そりゃどうも。

哲夫、正座する。

順子もそれにならう。

哲夫　どうも、ご無沙汰してます。（と頭を下げる）

幸太郎　うむ。

哲夫　こちらが、お付き合いしてる川上順子さん。

順子　はじめまして。

幸太郎　父の幸太郎です。

順子　おからだの具合はいかがですか。

幸太郎　大丈夫です。

洋子、コップにビールを注ぐ。

洋子　さ、じゃ乾杯しよう。

哲夫　いいのかよ、飲んで？

洋子　少しだけならね。

ビールの入ったコップを持つ人々。

幸太郎　――何に乾杯するのかな？
洋子　何でもいいわよ。
幸太郎　じゃあ、わたしの健康と幸せを祈って――。
洋子　どーいう乾杯よッ。ここは順子さんを立てるのが筋じゃない？
順子　哲夫さんの久し振りの帰省でいいんじゃないですか。
洋子　いいわよ、そんなの、別に。
哲夫　あーもうッ、家族の幸せにでいいじゃないか。ハイ、乾杯ッ。

と乾杯をする人々。

洋子　（幸太郎に）普通、音頭取る人そう言わないよ、自分のことだけ。
幸太郎　それもそうだな。
洋子　何真面目な顔して言ってるのよ。
順子　ハハハハ。
幸太郎　（飲んで）……。
洋子　――何か言ってよ。
幸太郎　何？
洋子　せっかく兄さんが彼女連れてきたんだから。
幸太郎　何を言うんだ。
洋子　だから、「どこで知り合ったの、二人は？」とか。
幸太郎　うむ。

幸太郎、ビールを飲む。

幸太郎　どこで知り合ったんだ、二人は？
洋子　そのまま言わなくてもいいわよッ。
幸太郎　……。
洋子　ごめんなさいね。
順子　いいですよ、そんなに気を遣わないでください。
哲夫　少しうるさいよ、お前。
洋子　だってあたしがしゃべらないと二人とも押し黙るじゃない。
順子　まあ、そんな喧嘩しないで。（幸太郎に）仕事で知り合ったんです。あたし、ナレーターの仕事してまして、テレビやラジオの。
洋子　コマーシャルよね。
順子　そう。で、哲夫さんの書いた台本のアレで。
洋子　何のコマーシャル？
哲夫　知ってるじゃねえかよ、お前。
洋子　インタビュアーとして聞いてるの。
哲夫　なんでお前にインタビューされなきゃいけねえんだよ。
洋子　いいじゃない、聞いても。
順子　便座クリーナーです。
洋子　そうなのよ。

順子　「これを使えば便座スッキリ――魔法の便座クリーナー」みたいな。
洋子　そのコマーシャルの仕事で知り合ったのよ。
順子　ええ。
洋子　いっぱいある商品のなかで、なんで出会いのきっかけが便座クリーナーだったのかって――この前、この話聞いた時も大笑いよ。
順子　ほんと。
洋子　よりにもよって便座とねえ。
哲夫　何度も言わなくていい。
順子　だから、馴《な》れ初《そ》め聞かれるたびに困るんです。
洋子　ハハハハ。
幸太郎　どのくらいなんだ、付き合って。
順子　もう三年です。初めてデートしたの、二〇〇〇年の今頃でしたから。
幸太郎　そうか。
洋子　いいの、ほんと、こんな（男）ンで。
順子　今のところは。
洋子　ボロ出さないようにしないとね、兄さん。
順子　ふふふ。
洋子　ま、とにかくこんなヤツだけどよろしく頼みます。
哲夫　お前に言われたくないけどな。
洋子　ハハハハ。
幸太郎　……。

洋子　ヤだ、あたしばっかりしゃべってる。
幸太郎　……で、どうだ。
哲夫　え？
幸太郎　順調か、仕事は？
哲夫　うん、まあ。
幸太郎　ちゃんと食えてるのか。
哲夫　まあ、一応。
幸太郎　そうか。
順子　新しい脚本、書くのよね。
哲夫　うん、まあ。
順子　話もらったらしいんですよ、有名なプロデューサーから。来年の戦後六十周年に合わせた大きな舞台の。知りませんか、ほら銀座にできた新しい劇場の。
洋子　へえ。で、どんなの書くの？
順子　戦争を題材にしたヤツだって。
洋子　戦争？
順子　だから、戦争のこと聞きたいって言ってましたよ、お父さん。（哲夫に）そうよね。
哲夫　まあ。
幸太郎　……。
洋子　脚本もいいけど、お金にならないことばかりじゃ困るわよ。
哲夫　大きなお世話だ。
洋子　いつもこんな調子。苦労するわよ、順子さんも。こんなのといっしょになったら。

順子　はあ。（と苦笑）
哲夫　ところで、大変だったね、親父さんも。
幸太郎　何がだ。
哲夫　何がだって手術だよ。
幸太郎　たいしたことはない。
哲夫　洋子が大袈裟なこと言うから、心配したよ、ほんと。まあ、こうして酒が飲めるんだから少し
　は安心したけど。
幸太郎　よく言えるな、そんなことが――見舞いにも来ないで。
哲夫　……。
洋子　お父さん――。

遠くで蝉の鳴き声。

洋子　……あ、おなか、どう？　減ってない？
哲夫　ああ、ボチボチかな。
洋子　じゃあ、あたし支度してくるから。（と立つ）
順子　手伝いましょうか。（と立つ）
洋子　大丈夫。

哲夫、居心地が悪くて立つ。

洋子　何よ。
哲夫　いや、オレも何か手伝おかなって。
洋子　いいわよ。今日の主役がいなくてどうすんのよ。
哲夫　……。
洋子　（順子に）じゃこっちの二人をよろしく。何かあったら呼んでね。
順子　（うなずく）
洋子　ごゆっくり。――あ、三杯以上は飲ませないで。

洋子、その場を去る。

順子　とってもきれいなところですね。
幸太郎　ありがとう。

哲夫は座らずにウロウロしている。

幸太郎　順子さん、兄弟は？
順子　弟が一人。
幸太郎　ご両親は健在ですか。
順子　父は二年前に亡くなって。
幸太郎　おいくつで。
順子　えーと六十六でした。

幸太郎　そうですか。
順子　お父さんはおいくつですか。
幸太郎　一九二八年生まれ。もうすぐ七十五。
順子　嘘ッ。お若いわ、すごく――（哲夫に）何ウロウロしてんのよ。
哲夫　……。
順子　ふふふふ。
幸太郎　？
順子　よくわかります、こういうきれいなトコへ来ると。
幸太郎　何がですか。
順子　哲夫さんがこういう素直な人になった訳が。ふふ。
幸太郎　（苦笑）

遠くで蝉の声。

幸太郎　結婚するのか。
哲夫　え？
幸太郎　この人と。
哲夫　まあ。
幸太郎　まあって何だ。
哲夫　ゆくゆくはそうなるだろうな。
幸太郎　じゃなきゃ連れては来ない、か。

哲夫　まあ。彼女もバツイチでね。
順子　お恥ずかしいですけど。
幸太郎　そうか。
哲夫　まあ、オレもこんなだし、組み合わせとしちゃいいんじゃないかな。
順子　ちょっと失礼な言い方ね。ふふ。
哲夫　ハハ。

遠くで蟬の鳴き声。

哲夫　まだ怒ってる？
幸太郎　何がだ。
哲夫　だから、ここ出てく時、えらそうなこと言ったから。
幸太郎　……。
哲夫　けど、オレもこうして何とかやってるし、あン時のことはもう忘れてよ。
幸太郎　何だ、謝りに来たってわけか。
哲夫　まあ。
幸太郎　……。
哲夫　もうオレもいい年齢《とし》だし、いつまでもこんなんじゃアレだし。
幸太郎　……。
哲夫　それにもうすぐ母さんの七回忌だし、オレもちゃんとしないといけないとも思うしさ。
幸太郎　あいつ（洋子）がそう言えって言ったのか。

哲夫　ちがうよ。
幸太郎　……。
哲夫　そりゃあいつはあいつでいろいろ助言もしてくれたけど。
幸太郎　順子さんの前でこんなこと言うのはナンだがな。
哲夫　何だよ。
幸太郎　こっちは出てけと言った覚えはない。お前が勝手に出てったんだ。
哲夫　そりゃそうだけど——。
幸太郎　けど何だ。
哲夫　……もういいよ。
幸太郎　その上、七年も音沙汰なしで、よく平気な顔して家の敷居が跨《また》げたもんだ。
哲夫　ちょっと待ってよ。そういう言い草はねえんじゃねえか。
幸太郎　何だ。
哲夫　なんでオレがここ出てったかわかってるのかよッ。こっちの気持ちも知らねえで。
幸太郎　嫁さん連れて謝りに来たんじゃないのか。
哲夫　そうだよ、そうだけどさ——。
順子　やめてくださいッ、二人とも。（哲夫に）約束したばかりじゃない、喧嘩はしないって。
哲夫　だって、一方的に親父が妙なこと言うから。
幸太郎　妙なこととは何だ。
哲夫　……もういいッ。帰る。

と立ち上がる哲夫。

幸太郎　ああ、帰れ帰れッ。
哲夫　行くぞッ。
順子　ちょっと――。
哲夫　いいから、来いッ。
順子　子供みたいなことやめてよ。座って、もうッ。こんな頑固じじいと話してても埒が開かねえ。

と揉み合う二人。
と洋子が枝豆を持って出てくる。
揉み合いに巻き込まれる洋子。

洋子　あ――。

と枝豆を辺りにぶちまけてしまう洋子。

洋子　何してるのよ、もう――。

とそれを拾う洋子と順子。

順子　何ボケッとしてるのよッ。拾ってよ、それ。

哲夫もしぶしぶと枝豆を拾うのを手伝う。

洋子　いい加減にしてよね。会ってまだ五分も経ってないのに、こんな。
幸太郎　……。
洋子　喧嘩はしないって言ったでしょッ。
哲夫　……。

幸太郎と哲夫、枝豆を食べる。

順子　（哲夫を叩く）
哲夫　痛テ。
洋子　お父さんッ。
幸太郎　……ああ、悪かった。
洋子　ほんとごめんなさい。
順子　いいえ。
洋子　もう――二人とも何考えてんのよッ。
順子　ここはあたしに。
洋子　でも――。
順子　大丈夫。
洋子　じゃあ何かあったら呼んで。（と行こうとして）ビールは三杯までだからね。

と出て行く洋子。
遠くで蝉の鳴き声。

幸太郎　お前がどう思ってるか知らんが、言ったことは嘘じゃない。
哲夫　……。
幸太郎　しかし、手術してオレもめっきり気が弱くなった。
哲夫　……。
幸太郎　昔の友達もみんなどんどんいなくなる。
哲夫　うん。
幸太郎　いつまで、ココ（頭）がちゃんとしてるかもアレ（自信ない）だ。
哲夫　……。
幸太郎　だから、こうしてお前と話す時間もそう多くはない。
哲夫　……。
幸太郎　それにいつまでもこんなんじゃ――母さんもきっと悲しむ。
哲夫　（うなずく）
幸太郎　今日はお前の嫁さんになってくれる女の人もいる。
哲夫　うん。
幸太郎　前みたいにいがみ合うのは――もうよそう。
哲夫　……。
幸太郎　だから、今日は飲め。
哲夫　……。

と哲夫にビールを注ぐ。

幸太郎　順子さんも。（と注ぐ）
順子　ハイ。

ビールを飲む三人。
蝉の鳴き声。

幸太郎　気を悪くするな。ここんトコ、ちょっといろいろあってな。
哲夫　……。
幸太郎　戦争の話を書くのか？
哲夫　え？
幸太郎　さっき言ってたろ、そんなこと。
順子　そうなんです。けど、せっかくの大きな仕事なのに何か行き詰まってるみたいで。ふふ。
哲夫　別にそういうわけじゃ――。
幸太郎　次の公演は決まってるのか。
哲夫　何の。
幸太郎　お前の劇団のだ。
哲夫　見る気もないくせに。
幸太郎　……。

順子、哲夫を促す。

哲夫　……まだだよ。
幸太郎　そうか。
順子　哲夫さん言ってましたよ。小学校の時「両親に聞く戦争体験」っていうのがあったんでしょ
　――文集でしたっけ。
幸太郎　ああ。
順子　あれ今でも覚えてるって。
幸太郎　ほう。
順子　ほら――。
哲夫　細かいところは忘れたけど、親父がこう言ったのはなぜか覚えてて――。
幸太郎　なんて言った？
哲夫　「オレが行かなきゃ日本は負ける」――。
幸太郎　ハハハハ。
哲夫　違ったっけ？
幸太郎　いや、そう言った。そう思ってたよ、ほんとに。
哲夫　昭和三年生まれだよね、親父さん。
幸太郎　ああ。
哲夫　つまり、アメリカと戦争が始まった時、まだ十二歳でしょ。
幸太郎　そうだ。

哲夫　親父さんが出征したのは――。
幸太郎　十七だ。――昭和二十年。
哲夫　子供じゃない、まだ。
幸太郎　今とは感覚が違う。当時は、立派な大人だ。
哲夫　まあ、だからって何をどう聞けばいいのかわからないけど、何が一番印象に残ってるのかなあって思ってさ。
幸太郎　……。
哲夫　ま、話したくないなら別にいいけどさ。

と、洋子が包丁を持ったままやって来る。

幸太郎　何だ。
洋子　大丈夫よね。
哲夫　何が。
洋子　だから――。（二人の仲）
順子　大丈夫。
洋子　そう。……ふふふ。ごゆっくり。（と行こうとして）三杯までよ。よろしく。

とそそくさとその場を去る洋子。
遠くで蝉の鳴き声。

幸太郎　この間、金坂が死んでな。覚えてるか。

と壁の喪服を見る幸太郎。

哲夫　ああ——さっき、あいつに聞いた。
幸太郎　そうか。
哲夫　前に会った時の感じだと、百まで生きるって感じだったけどなあ。
幸太郎　うむ。
哲夫　けど親友ってわけじゃないだろ。そんなちょくちょく会ってたわけじゃないだろうし。
幸太郎　確かにそうだ。しかし——。
哲夫　うん？
幸太郎　人間ってのは、生き死にをともにしたヤツのことをそう簡単には忘れないもんだ。
哲夫　……。
幸太郎　（順子に）金坂っていうのはわたしの戦友でね。
順子　へえ。
幸太郎　とは言え、あいつといっしょに戦場で鉄砲、撃ってたわけじゃない。
順子　と言うと？
幸太郎　戦争の始まりと終わりにそいつといっしょだったんだ。
哲夫　どういうこと？
幸太郎　（順子に）つまらんでしょう、こんな話。
順子　いいえ。是非あたしも聞きたいです。

幸太郎　……。

幸太郎、ビールを飲む。

幸太郎　名前は金坂——年齢《とし》はオレと同じ十七だ。
哲夫　（枝豆を食っている）
幸太郎　聞きたかったんじゃないのか、そういうことを。
哲夫　ああ——。
幸太郎　こんな話は二度とできないかもしれん。だから、よく聞いとけよ。
哲夫　（うなずく）
幸太郎　アメリカとの戦争が始まったのは昭和十六年の十二月八日。オレは十二歳だ。日中戦争を含めると父さんが生まれてから日本はずっと戦争してたって時代だ。
哲夫　……。
幸太郎　戦争が始まってすでに四年。昭和二十年の五月。志願して兵隊になった十七歳のオレは、八戸《はちのへ》——青森にある所沢整備学校八戸教育隊に所属することになって上野から列車に乗る。

と幸太郎は立上がり、回想が始まる。

2〜青森まで

上野駅の喧騒が聞こえてくる。
幸太郎は縁側を越えて庭面に下りる。
幸太郎、どこからか荷物（奉行袋）と古びた帽子を取り出して身につける。
そして、列車に乗り込む体で通路（庭）を進み、地べたに座る。
哲夫と順子は、和室上からそれを終始、見ている。

哲夫　どのくらいかかったの、上野から八戸まで。
幸太郎　二十時間だ。
哲夫　二十時間？
幸太郎　今なら東北新幹線で二時間もかからないその距離が当時はそのくらいかかったんだ。
順子　どんな人が乗ってるんですか、その列車に。
幸太郎　いろいろだ。オレみたいな兵隊や、食糧を調達するために田舎に行く人たちで列車はすし詰めだ。
順子　へえ。
幸太郎　大人のつもりでもしょせん十七のガキだ。この先どんな試練が待ち受けてるのか――心細い旅だった。

哲夫　……。
幸太郎　そんな時、同じ列車で金坂に出会った。

と荷物を持ち帽子を身につけた国民服の若い男――金坂がやって来る。
幸太郎も金坂も、ともに十七歳の少年兵である。
金坂、人々の間を縫って進み、幸太郎の横に座る。
金坂、泣いていたのか、袖で涙を拭っている。
ポーッという汽笛が聞こえる。
列車がガクンと動いて発車する。

金坂　（窓外を見て）……。
幸太郎　（同じように窓外を見て）……。
金坂　（泣く）
幸太郎　大丈夫？
金坂　すんませんッ。（と涙を拭く）
幸太郎　出征ですか。
金坂　え？
幸太郎　青森へ。
金坂　えー――ああ、ハイ。陸軍の候補生です。
幸太郎　オレもです。
金坂　そうなんですか。

幸太郎　野川です、野川幸太郎。
金坂　金坂です、金坂省平《しょうへい》。
幸太郎　よろしく。
金坂　こちらこそ。
幸太郎　ハハハハ。
金坂　ハハハハ。

と笑うがすぐに意気消沈する金坂。

幸太郎　いやあ、心強いですよ、同じところへ行く人間といっしょになれて。
金坂　はあ。
幸太郎　いい話し相手ができて、うれしいです。ハハ。
金坂　失礼ですけど。
幸太郎　ハイ。
金坂　オレとそんなに年齢《とし》、変わらないですよね。
幸太郎　どうだろう。オレは十七です。
金坂　やっぱり。
幸太郎　じゃあ、君も。
金坂　ハイ。
幸太郎　そうか。そりゃ何て言うか奇遇だな。
金坂　ほんとに。

幸太郎　あ、これ食べますか。

と干芋を荷物から出す幸太郎。

金坂　じゃあ、お言葉に甘えて。ありがとう。
幸太郎　気にしないでください。たくさんありますから。
金坂　でも。
幸太郎　母が持たせてくれたんです、列車で食えって。

と干芋を受け取る金坂。
以下、それを食べながらの会話。

幸太郎　ぶしつけかもしれないけど。
金坂　ハイ。
幸太郎　なんで泣いてたんですか。
金坂　……。
幸太郎　いや、この時代、泣きたいことなんかたくさんあるから、いちいちそんなこと聞くのアレだけど。
金坂　はあ。
幸太郎　別にいいんですけど、ちょっと気になったから。ハハ。
金坂　こんな景色見るのも。

幸太郎　え？
金坂　もしかして、こんな景色見るのも、これが最後かもしれないと思うと、何か悲しくて。
幸太郎　なるほど。でも、大丈夫だよ。必ず死ぬと決まったわけじゃない。
金坂　そうですよね。
幸太郎　それに、負けるはずないよ——日本が。
金坂　うん。

と干芋を食べる金坂。

幸太郎　（哲夫らに）今思えば、どんな根拠があったわけじゃない。けど、日本が負けるなんてとても信じられなかった。
哲夫　なんで？
幸太郎　なんでかなあ。ただ闇雲にそう信じていた——そうとしか言い様がない。そして、それはオレだけじゃなかったと思う。
哲夫　……。

走る列車内の金坂。

金坂　（泣く）
幸太郎　大丈夫？
金坂　すまないッ。どうしても感情が抑さえ切れなくて。

幸太郎　今度はどしたの、いったい。
金坂　いや、こんな干芋食べるのも、これが最後かと思うと、何か悲しくて……。（と泣く）
幸太郎　言ったろう。死ぬと決まったわけじゃない。
金坂　……そうだよね。死ぬと決まったわけじゃないもんね。
幸太郎　ああ。
金坂　ハハハハ。

と干芋を食べる金坂。

幸太郎　金坂くんでいいかな。
金坂　うん。
幸太郎　金坂くんはどこから？
金坂　小金井《こがねい》です。
幸太郎　じゃあ、オレとそんなに遠くない。
金坂　どこ？
幸太郎　八王子。
金坂　へえ。
幸太郎　実家は何を。
金坂　両親は二人とも小学校の教師を。
幸太郎　へえ。
金坂　野沢くんは？

幸太郎　野川、野川幸太郎。
金坂　あ、ゴメン。野川くんは？
幸太郎　親父が自転車屋を。
金坂　兄弟は？
幸太郎　姉が一人。
金坂　オレには妹が。まだ女学生だけど、とても可愛いコなんだ。これが妹。

と写真を出す金坂。
それを見る幸太郎。

金坂　可愛いでしょ。
幸太郎　うん、可愛いッ。（哲夫に）……そんなに可愛くなかった。
哲夫　そうなの？
幸太郎　ああ。けど、可愛くないとは言えなかった。
順子　ハハ。

走る列車内の金坂。

金坂　これがお袋、これが親父。（と説明する）
幸太郎　立派なご両親だ。
金坂　妹は裁縫が得意で、これも妹が作ってくれました。

と、首に巻いていたタオルを出す。

幸太郎　へえ。
金坂　（泣く）
幸太郎　……。
金坂　すまないッ。妹のこと思い出すと、何か悲しくて……。
幸太郎　気にするなよ。気持ちはわかるよ。
金坂　すまないッ。（と泣く）
哲夫　よく泣く男だな。
幸太郎　（哲夫らに）ああ、よく泣くヤツだった。風景を見て泣き、干芋を食って泣き、妹の作ったタオルを見て泣いた。「男の子は簡単に泣くなッ」――そう親父に教育されていたオレにはちょっと珍しいタイプだった。
哲夫　うん。
幸太郎　だいたい当時の兵隊は子供でも滅多に泣くヤツなんかいない。二十時間――最初はいい話し相手ができたと喜んだのも束の間、この泣き虫男を相手に二十時間をともにするとは。「こりゃとんでもない野郎と道連れになったもんだ」――心のなかでそうつぶやいた。

ガタンゴトンと走る列車。

金坂　飛行場ですよね、僕らが行くところ。

幸太郎　うん、八戸《はちのへ》飛行場。
金坂　何するんだろう。
幸太郎　飛行機の整備と飛行訓練じゃないかな。
金坂　乗りたい？
幸太郎　そりゃ戦争するなら、やっぱりねえ。「敵機来襲！　撃てッ。ガガガガガ！」なんて。ハハハハ。
金坂　ハハハハ。……会えてよかったよ。じゃ、オレはここで。

と幸太郎から離れる金坂。

幸太郎　ちょちょちょっとッ。

とそれを止める幸太郎。

幸太郎　どこ行くのッ。
金坂　放して――放してくれッ。
幸太郎　大きな声、出すなよッ。（周囲の架空の人々に）すいません。

と金坂を座らせる幸太郎。

幸太郎　何だよ、突然。走る列車から飛び下りるつもりかよ。

金坂　（憤然と）……。
幸太郎　どしたの、いったい？
金坂　好きなのか、戦争が。
幸太郎　え？
金坂　好きなのか、殺し合いが？
幸太郎　いや、別にそういう意味じゃないけど。
金坂　じゃあどういう意味だよ。
幸太郎　……。
金坂　「敵機来襲！　撃てッ。ガガガガガ！」——冗談じゃないよッ。敵だって血の流れる人間だッ。
幸太郎　しッ。（と金坂を座らせ）だって、オレたち戦争に行くんじゃないか。
金坂　軽蔑されるかもしれないけど。
幸太郎　うん？
金坂　オレは死にたくない。
幸太郎　……。
金坂　だってそうじゃないかッ。オレたち、まだ十七なんだッ。
幸太郎　大きな声を（出すな）——。

と金坂の口を押さえる幸太郎。
金坂、その手を邪険に払いのける。

金坂　……。

幸太郎　（哲夫らに）「オレは死にたくない」――金坂はオレにそう言った。そんなコイツを見て、オレがどう思ったと思う？
順子　さあ。（と哲夫を見る）
哲夫　「この非国民が！」
幸太郎　いや、なんて正直なヤツなんだ――オレはびっくりしたんだ。
哲夫　……。
幸太郎　「天皇陛下のために、お国のために死ぬ」――当時の兵隊には当然なことだった。だが、兵隊も人間だ。心の奥底では、オレもそう思っていた。けれど、それを口に出すことはとても恥ずかしいことだった。だから、オレは、この泣き虫野郎の率直さに感動さえした。しかし――。
哲夫　しかし？
幸太郎　簡単に同調はしたくなかった。

ガタンゴトンと走る列車。

幸太郎　ひとつ聞いていいか。
金坂　……。
幸太郎　志願したんじゃないのか、日本帝国のために。
金坂　……。
幸太郎　守ろうと思ったんじゃないのか――両親を、妹を。
金坂　……。
幸太郎　そのために戦おうと思ったんじゃないのか。

金坂　……。
幸太郎　そう思ったから、この列車に乗っているんじゃないのか。
金坂　……。
幸太郎　もしそうなら、そういうことは二度と口にしない方がいい。
金坂　……すまない。
幸太郎　……。

黙って列車に揺られる二人の少年。
踏切りを列車が通過する音。

金坂　（泣く）
幸太郎　……。
金坂　（そんな涙を袖で拭っている）
幸太郎　ハハ。
金坂　？
幸太郎　ハハハハ。ハハハハ、ハハハハ。

と愉快そうに笑い出す幸太郎。

金坂　何だ、何笑ってるッ。（と少し怒って言う）
幸太郎　いや、ゴメン。ハハハハ。

金坂　軽蔑したろう、「このフヌケ野郎が!」そう思ったろう。
幸太郎　いや――。
金坂　何とでも言えッ。
幸太郎　メソメソするなッ。いつまでもメソメソしてるとココから外へ放り出すぞッ。
金坂　ヤヤヤヤだッ。それだけは勘弁してくれッ。

と座席にしがみつく金坂。

幸太郎　ハハハハハ。
金坂　?
幸太郎　ッたく、とんだ野郎といっしょになったもんだ。ハハハハハ。
金坂　(幸太郎の笑顔の意味がわからず)……。
幸太郎　(哲夫らに)愉快だった。けれど――なぜか涙が出てきた。

哲夫と順子は、幸太郎が涙をためているのを一瞬見た。
と列車はトンネルに入る。
轟音とともに暗くなる列車内。

哲夫　……暗いのはなんで?
幸太郎　トンネルに入ったんだ。

薄暗い列車に揺られる二人の少年。
列車、トンネルをくぐり抜ける。

幸太郎　「とんだ野郎と道連れになったもんだ」――最初はそう思った。けれど、その青森行きの列車は、オレにとって生涯忘れ難い思い出のひとつになった。それは、この金坂という同い年の少年と出会ったからだ。

踏切りを列車が通過する音。

金坂　聞いてくれるか。
幸太郎　ああ。
金坂　オレ、喧嘩は嫌いなんだ。
幸太郎　そうか。
金坂　親父は体操の先生だ。だから、メソメソしてると殴られる。
幸太郎　当たり前だ。
金坂　野沢くんは喧嘩が好きか？
幸太郎　野川、野川だ。
金坂　あ、ゴメン。
幸太郎　……。
金坂　好きか、喧嘩？
幸太郎　さあ、どうかな。

金坂　好きと見たな、オレは。
幸太郎　勝手なこと言うな。
金坂　だって「敵機来襲！　撃てッ。ガガガガガ！」なんて空想してるんだろう。
幸太郎　何が悪い？
金坂　特別攻撃隊のことは知ってるか？
幸太郎　え？
金坂　敵艦に飛行機ごと体当たりするアレ。
幸太郎　ああ。
金坂　できると思うか？
幸太郎　何が。
金坂　だから、敵艦にそんなこと。
幸太郎　……できる。
金坂　ほんとに？
幸太郎　ああ。
金坂　どうして？
幸太郎　どうしてって——国を守るためだ。
金坂　……そうか。
幸太郎　金坂くんはできないのか。
金坂　とてもそんなこと——。（と首を横に振る）
幸太郎　……。
金坂　軽蔑されるようなことばかりだな、オレ。

幸太郎　軽蔑はしない。
金坂　ほんとに？
幸太郎　ああ。世の中にはそういうヤツもいる。
金坂　そうか。（と喜ぶ）
幸太郎　けど、神様にお願いしたいよ。
金坂　何を。
幸太郎　戦場でお前みたいなヤツとだけはいっしょに戦うことにならないようにって。
金坂　ほんとに。
幸太郎　ハハハハ。
金坂　ハハハハ。（と笑うがすぐに意気消沈して）……。
幸太郎　落ち込むなよ、冗談だよ。
金坂　いや、ほんとそうだと思う。

ガタゴトと走る列車。

幸太郎　（哲夫に）「特別攻撃隊」のことは知ってるよな。
哲夫　一応。
幸太郎　オレも一歩間違えば、太平洋の海に消えていたかもしれん。
哲夫　馬鹿げたことだと思う、そんなやり方？
幸太郎　戦後は、ひどく評判は悪いが。
哲夫　うん。

幸太郎　命を捨てて国を守ろうとしたヤツが当時の日本にはいた――それは事実だ。
哲夫　……。
幸太郎　国――それは他ならぬ故郷であり、母であり、姉であり、妹だった。

と順子を見る幸太郎。

順子　……。
幸太郎　母さんがまだ生きてる頃、二人で九州の知覧《ちらん》の記念館に行った。
順子　チラン？
哲夫　九州の特攻基地のあった場所。
幸太郎　何て言えばいいのかな――あんなに涙が溢れてきたことはない。
哲夫　……。
幸太郎　「かくすれば国難突破できるならいかでや軽きわが生命《いのち》かな」――こんなことを二十歳《はたち》にもならない少年が書いていたんだ。
哲夫　……。
幸太郎　気付くと、金坂はまた泣いていた。

ガタンゴトンと走る列車内。

金坂　（泣いている）
幸太郎　だが、もうなぜ泣いているかは聞かなかった。泣こうと思えばいくらでも泣ける――言われてみれば、その通りだった。窓の外を流れる田園の風景や晴れ渡った五月の空を眺めることも、頬に触るさわやかな風を感じることも、今ここに同い年の少年とこうしていっしょにいるということ自体が、貴重な——二度と体験できない愛しい時間に思えた。

哲夫　……。

順子　……。

幸太郎　だから、オレと金坂はいろいろ話した。家族のこと。友達のこと。将来のこと。

哲夫　あの。

幸太郎　何だ。

哲夫　変なこと聞くようだけど。

幸太郎　ああ。

哲夫　その、何て言うか——オンナの体験はあったの、この時？

幸太郎　……。

哲夫　あったんだッ。

幸太郎　想像に任せる。

哲夫　……。

幸太郎　しかし、そういうと何か意味ありげだな。ハッキリ言っておいた方がいいかもしれんな。——まだない。

哲夫　……へえ。

幸太郎　そりゃ好きな女はいたりもしたが、今とは違う。秘めて思うだけだ。

順子　……。

幸太郎　だが、付け加えれば、こう見えて、若い頃のオレはモテモテだった。街角でオレが手を上げれば、婦女子たちがゴーゴー音立ててやって来たもんだ。
哲夫　そんな大袈裟な。
順子　でもモテたと思うな、あたしは。
幸太郎　ありがとう。うれしいよ、そう言ってもらえると。
順子　いいえ。

列車内の金坂が幸太郎を自分の方に向き直らせる。

金坂　ちゃんと聞いてるのかよッ。
幸太郎　え？
金坂　えじゃないよッ。何だよ、人が真剣にしゃべってるのに。
幸太郎　あ、ゴメン。で、何の話しだっけ？
金坂　夢だよ、将来の夢。
幸太郎　ああ、そうか。
金坂　どう思う？
幸太郎　どう思うって？
金坂　だから、野球選手になること。
幸太郎　ああ――いいんじゃないか。
金坂　球、早く投げるのは苦手だけど、オレ、こう見えても足は結構速いんだ。学校の競争じゃいつも一番。
幸太郎　へえ。

金坂　だから沢村みたいに投手は難しいけど、内野手くらいにはなれるんじゃないかなって。
幸太郎　ああ、いいかもしれない。
金坂　けど困るのは戦争に勝った時だよな。
幸太郎　どういうこと？
金坂　だって今時は「ストライク！」が「よしッ一本！」で、「ボール」が「ダメッ」だろ。
幸太郎　ああ。
金坂　調子、狂うじゃないか。「よしッ一本！」はまだ許せるとして、「ダメッ」はちょっとなあ。
幸太郎　そうかな。
金坂　そうだよ。投手がかわいそうじゃないか。投げる度に「ダメッ」――投げる度に「ダメッ」――球のコースじゃなくて、人格否定されてる感じがするんだよな。
幸太郎　なるほど。ハハハハ。
金坂　ハハハハ。で、野沢くんは？
幸太郎　野川だよ、野川幸太郎。いい加減に覚えろよ。
金坂　あーほんとゴメン。
幸太郎　頼むよ、ほんと。
金坂　で、野川くんは何になりたいんだ？
幸太郎　まだわかんないけど。
金坂　そうか。
幸太郎　まあ、強いて言えば。
金坂　強いて言えば？
幸太郎　写真家かな。

金坂　写真家。
幸太郎　ああ、報道写真を撮る人。
金坂　新聞に載るようなヤツをパシャッ（と撮る）とやる――。
幸太郎　うん。
金坂　へえ。それもカッコいいかもな。
幸太郎　オレの親父、自転車屋だろう。
金坂　そう言ってたね。
幸太郎　手伝いさせられるんだ、いつも。朝から晩まで他人《ひと》の乗る自転車のボルトくりくり回して、パンクしたタイヤに空気入れて、油で手なんか真っ黒で。洗っても落ちないんだよ、あの油。
金坂　そうなんだ。
幸太郎　親父は仕事、オレに継いでほしいみたいだけど。
金坂　イヤなんだ？
幸太郎　絶対、イヤだよ、自転車屋なんてッ。あんな貧乏臭え仕事――。

と言ってハッと口を押さえる幸太郎。

幸太郎　（咳払いする）
哲夫　（見て）……。
幸太郎　今のは無しだ。
哲夫　でも、聞いたけど。
幸太郎　（金坂に）……そうか、野球選手か。いいなあ、夢があってッ。うんッ。ハハハハ。

哲夫　ちょっと待って。
幸太郎　……。
金坂　どうかした？
幸太郎　いや、何でもない。
哲夫　何でもなくないよッ。ちょっと聞き捨てならないんだけど、今のやり取り。
幸太郎　流してくれ。
哲夫　流せないよ。
金坂　イヤなんだ、自転車屋継ぐの？
幸太郎　その、だから――。
哲夫　答えてあげなよ。
幸太郎　……ああ、イヤだよ！　あんなチューブとボルトの油地獄なんて、真っ平ごめんだよッ。

列車が駅に停車する。
ガクンと揺れて止まる青森行きの列車。

金坂　あ、ゴメン。ちょっと便所へ。

とその場を去る金坂。

幸太郎　あ、じゃあオレも。

と行こうとする幸太郎。
それを止める哲夫。

哲夫　ちょっと待ってよ。

幸太郎　おしっこだよッ。お前、これは新幹線じゃないんだ。だから、止まった時に行っとかないと、後でとんでもないことになるんだよッ。

哲夫　いいから――。

と幸太郎を止める哲夫。
今まで金坂が座っていた場所に哲夫が座る。

幸太郎　そこは金坂の席だぞ。それにここはお前、昭和二十年五月の世界なんだからな、オレの許可なく勝手に入るんじゃないッ。

哲夫　何怒ってんだよ。

幸太郎　……。

哲夫　どういうことだよ。

幸太郎　何がだ。

哲夫　トボけないでよッ。今、言ったよね。

幸太郎　何を。

哲夫「ああ、イヤだよ！　あんなチューブとボルトの油地獄なんて、真っ平ごめんだよッ」――それ、前にオレがここ出てく時に言った台詞じゃないかッ。

幸太郎　そうだったか。
哲夫　……。
幸太郎　何だ、その目は。子供だよ、子供の言ったことだよ。
哲夫　納得できない。
幸太郎　……順子さん、ちょっと。
順子　ハイ？

幸太郎、順子を自分に招き寄せる。

幸太郎　ほら見てみなさい。牛だよ、あそこに牛がいるぞッ。可愛いなあ。
哲夫　話、そらさないでよッ。

と、勢いよく洋子がやって来る。

洋子　何してるのよッ。喧嘩はしないって――。

いきなり「現実」が侵入してきたので困る三人。
蝉の鳴き声が聞こえてくる。

洋子　何してるの。
幸太郎　……いや、何でもない。

哲夫　何だよ、大事なとこで。
洋子　いや、枝豆、足りてるかなあと思って。
哲夫　足りてるよッ。
洋子　（順子に）大丈夫？
順子　（和室に戻り）大丈夫――だと思う、うん。
洋子　そう。ならいいわ。……ごゆっくり。（と止まり）あ――。
順子　「ビールは三杯まで」――。
洋子　……よろしく。もうすぐできるからね。

とそそくさとその場を去る洋子。

幸太郎　じゃあ、続きやるか。ほら、どけそこ、邪魔だから。

と哲夫、動かず座っている。

哲夫　……。
幸太郎　……そうだよッ。認めるよ、その通り。オレも自転車屋を継ぐのはイヤだったんだよッ。そのどこが悪いッ。
哲夫　……。
幸太郎　けど、当時の話だ。今はそんなこと少しも思っちゃいない。
哲夫　……。

幸太郎　続き聞くのか、聞かないのか。
哲夫　聞くよ。けど、その前にひとつ。
幸太郎　何だ。
哲夫　オレはあんなひどい言い方はしなかったつもりだよ。
幸太郎　ヘッ。似たようなもんだ。
順子　続き、聞こう。ね。

と哲夫を促す順子。
庭を離れて元の和室に戻る哲夫。

順子　続き――お願いします。
幸太郎　うむ。

と、汽笛が聞こえる。

幸太郎　（窓の外に）おーいッ発車するぞッ。おーい！

と金坂が戻ってくる。

幸太郎　お帰り。ちゃんと尻は拭いてきたか。
金坂　……。

幸太郎　どした、紙がなかったのか便所に？
金坂　（首を横に振る）
幸太郎　じゃあ何だ。
金坂　何でもない。
幸太郎　？

ガクンと動き出す列車。
しばらく無言の二人。

幸太郎　どした、何かあったのか、便所で？
金坂　……。
幸太郎　何だ。黙ってないで言えよ。
金坂　ちょっと不安になったんだよ。
幸太郎　何に。
金坂　軍隊生活だよ。
幸太郎　何だよ、いきなり——。
金坂　便所で隣にいた男。
幸太郎　隣にいた男？
金坂　髭面《ひげづら》のこーんなでかいヤツだった。
幸太郎　それがどうした？
金坂　用が終わった後、尻に触って——。

幸太郎　尻に？
金坂　ああ。で、「へへへへ。うまそうな尻だ」って。
幸太郎　へえ。
金坂　オレは見ての通り色白だ。確かに尻もやわらかい。
幸太郎　だから何だ。
金坂　オレたちがこれから行くところには、さっきみたいな髭面の野郎どもがいっぱいいるんだろ？
幸太郎　まあ、な。
金坂　大丈夫かな。
幸太郎　何の心配してるんだよ。
金坂　だって、軍隊っていうのは男だけの世界だろ？
幸太郎　当たり前だ。

幸太郎、紙を出して何か書く。

金坂　だったら、オレたちみたいな少年兵は、一番狙われやすいんじゃないのか？
幸太郎　まあ。
金坂　そんな世界のことを考えたら、いてもたってもいられない。
幸太郎　余計な心配したって意味ないよ。
金坂　……。

幸太郎、書いた紙を金坂に渡す。

金坂　何だよ。
幸太郎　オレの住所だ。戦争が終わったら、また会おう。
金坂　（受け取って）……。
幸太郎　金坂くんのも書いてくれ、ここに。

と紙と鉛筆を金坂に渡す幸太郎。

金坂　……ああ。

と住所を書く金坂。

金坂　（書きながら）軽蔑してるんじゃないのか。
幸太郎　え？
金坂　オレのこと。
幸太郎　そんなことないよ。
金坂　でも――。
幸太郎　でも何だよ。
金坂　いろいろ弱音、吐いちゃったから。
幸太郎　軽蔑してるヤツにまた会いたいなんて言うか。
金坂　……うん。

と住所を書く金坂。

幸太郎　オレだって同じだよ。
金坂　え？
幸太郎　けど、金坂くんみたいに素直になれないだけだ。
金坂　（笑顔になる）
幸太郎　（笑顔になる）

金坂、幸太郎に紙を渡す。

幸太郎　ありがとう。
金坂　こちらこそ。

二人、大事そうにそれぞれの紙をポケットにしまう。

幸太郎　（哲夫に）いくつもいくつも駅に止まって、いくつもいくつもくだらない話をした。それは、はたで聞いていたら、実にくだらない他愛ない話ばかりだったにちがいない。けれど、その話のくだらないひとつひとつが、死ぬことが今よりもずっと身近だったオレたちにとっては、とても重要だったたし、貴かった。
哲夫　（聞いて）……。

順子　（聞いて）……。
幸太郎　そして、夜をひとつまたいで、翌日の早朝。列車は八戸《はちのへ》に到着した。

と列車はガクンと音を立てて止まる。
引率将校の「到着ッ。陸軍候補生は全員下車ッ」という声が聞こえる。
八戸駅の喧騒。
「第四中隊。整列！」「第二中隊、整列！」という上官の声。
荷物を持って立ち上がる金坂。

幸太郎　行こう。
金坂　（うなずく）

別々の方向を向いて整列する二人。

金坂　野沢くん。
幸太郎　野川ッ。
金坂　あ、ゴメン。野川くん。
幸太郎　ああ。
金坂　生きて――また会おうな。
幸太郎　ああ。

上官の「出発ッ！」という声。
行進して去る金坂。
それを見送る幸太郎。

幸太郎　こうして、オレは青森県にある所沢整備学校八戸教育隊に「陸軍特別幹部候補生」として入隊したんだ。

と列車（庭面）から離れて元の場所に戻る幸太郎。
蝉の鳴き声が聞こえてくる。
幸太郎、ビールを飲もうとする。

幸太郎　ビールあるか。
順子　食前は三杯まで。
幸太郎　……。
哲夫　金坂さんは、いつ亡くなったの。
幸太郎　二週間前だ。脳溢血でな、突然のことだ。
哲夫　そう。
幸太郎　けれど、こいつとの話は、これで終りじゃない。
哲夫　と言うと？
幸太郎　少し疲れた。休憩だ。
哲夫　……。

幸太郎　いいか。誤解するなよ。やってみてわかることだってある。あの時はわからなかった自転車屋のすばらしさをその後、オレは知っていくってことだ。
哲夫　そんなこと聞いてない。
順子　ハハハハ。
哲夫　何笑ってんだよッ。
順子　ごめんなさい。
哲夫　ッたく、こっちは七年間、ずっとオレなりに悩んでたんだからな。
順子　あたしに怒ることないでしょ。
哲夫　怒りたくもなるよ。親父、あの時なんて言ったか覚えてるのかよ。
幸太郎　何だ。
哲夫　オレが「もうここから出てくッ」て言った時だよ。
幸太郎　なんて言った。
哲夫　「野川の家は先祖代々、自転車屋の家系なんだッ。お前はそれを絶やすのかッ」
幸太郎　覚えてない。
哲夫　これだよ。信じられないよ、ホント。
順子　ハハハハ。

とそこに洋子がやって来る。

洋子　あら、何か盛り上がってる?
哲夫　盛り上がってなんかねえよッ。

洋子　準備ができたわ、御飯の。
幸太郎　ああ、そうか。
順子　ごめんなさい。手伝いもしないで。
洋子　全然。そんなことより男どもを二人きりにしておく方が心配だもの。
順子　ふふ。
幸太郎　さ。飯だ。お前たちも早く来い。

と立上がり、部屋を出ていく幸太郎。
ビールの瓶などを片付ける順子。

洋子　それより、どうだった。
哲夫　どうだったって何が。
洋子　お父さんよ。ちゃんと話したの？
哲夫　したよ、昭和二十年の話を。
洋子　昭和二十年？
順子　金坂さんとの出会いの話。
洋子　金坂さん？
順子　ええ。
洋子　そんなどーでもいい話してたの？
哲夫　ああ。
洋子　何してるのよ、もうッ。大事なのはそんな昔話じゃなくて現在、現在なのよッ。

哲夫　何興奮してんだ、お前。
洋子　興奮もするわよッ。何のために苦労して、あたしがこういう機会を作ったと思ってるのよッ。

と奥から幸太郎の「何してる。料理が冷めるぞーッ」という声。

洋子　ハイハイ。（哲夫たちに）もー頼むわよ、ホント。早く来て。うるさいから。
哲夫　今行くよ。
洋子　ごめんなさい。順子さん、そこお願いね。

洋子、その場を去る。
ビールを片付けて、布巾で卓袱台を拭く順子。

哲夫　お前、あいつと何か共謀してねえか。
順子　何よ、共謀って。
哲夫　だって何か妙な目配せし合ってるように思えるんだけど。
順子　そんなこと——。（と拭く）
哲夫　……。
順子　ふふふふ。
哲夫　何笑ってんだよ。
順子　別に。
哲夫　……ッたく、人の気持ちも知らねえでいい気なもんだぜ。

順子　けど、よかったじゃない。いい話、聞けて。
哲夫　……。
順子　続きが楽しみ。（と行こうとして）あ——それ（仏壇の土産）持ってきて。向こうで食べるから。
　ほら、みんな待ってるから。

　とその場を去る順子。
　哲夫、しばしもの思いにふける。

哲夫　……。

　そして、川の方向を見る。

哲夫　……。

　哲夫、土産を取りに行く。
　そして、部屋から出て行こうとしてふと仏壇を見る。

哲夫　……。

　哲夫、土産を持ってその場を去る。
　と暗くなる。

3〜思い出

明りが入ると前景の一時間後の同じ和室。
夜の七時くらい。
麦茶などを飲んでくつろいでいる洋子と順子。
順子は家族のアルバムを見ている。
その傍らに何冊かのアルバムがある。

順子　ハハハハハ。何よ、「八王子のアラン・ドロン」って。
洋子　だって本人がそう言うんだから。
順子　わーッ。見て見て見てコレ。コレ、お父さんでしょ。

とアルバムを示す順子。

順子　ハンサムよ、すごくッ。
洋子　言ってなかった？　「婦女子が音を立ててゴーゴーやって来た」って。
順子　言ってたッ。
洋子　何度も聞かされた、あたしも。

順子　そうなの——（写真を見て）嘘、似てるッ。
洋子　え？
順子　お母さん、洋子さんに。これ、結婚式の写真でしょ。
洋子　みたいね。
順子　可愛い、お母さんッ。
洋子　（溜め息）
順子　どうしたの。
洋子　いい気なもんよね。
順子　何が。
洋子　（顎で部屋の向こうを示し）こっちの気も知らないで。
順子　風邪引かないの、あんなとこで寝て。
洋子　いつものことよ。
順子　……そう。
洋子　順子さんのお父さんはどうだった？
順子　え？
洋子　息子と——弟さんとあんな感じ？
順子　うちは弟がよくしゃべるから。
洋子　仲よかったんだ。
順子　まあ。
洋子　いいなあ。長男がしっかりしてるところは。
順子　そのぶんあたしがいろいろ迷惑もかけたから。

洋子　と言うと？
順子　ほら、離婚とかいろいろ。
洋子　ああ――。
順子　あたし、父が亡くなる時、喧嘩したままだったの。
洋子　へえ。
順子　急だったってこともあるけど、前の晩、くだらないことでアレして。
洋子　……。
順子　結局、「ごめんなさい」って言えずに。
洋子　そうなんだ。

とそこに哲夫が剝いた梨を持ってやって来る。

哲夫　お待たせいたしました、お嬢様。
順子　あ――ありがと。
洋子　いいのよ、少しは何かやらせた方が。それに昔からうまいのよ、皮剝くの。
順子　そうなんだ。
洋子　食べて、これ。おいしいよ。
順子　いただきます。

と梨を食べる順子。
哲夫も食べる。

洋子　晩御飯おいしかった？
哲夫　……うん。美味《うま》かったよ、すごく。なあ。
順子　うん、ご馳走さまでした。
洋子　答えるまでに間があったわね。
哲夫　そんなことないよ。
洋子　別れた旦那に言われたことあるのよ。
順子　何を。
洋子　「もう少しマシなもん作れないのかッ」って。
順子　そうなの。
洋子　その頃、あたしもまだ働いてたから、カッとなって「じゃあ自分で作ればいいじゃないッ」って怒鳴り返しちゃったけど。
順子　へえ。
洋子　あたし、やっぱお料理習った方がいいのかな。
順子　今後の課題としておけばいいことじゃない、それは。
洋子　つまり、イマイチってこと？
順子　そんなことないわよ。

梨を食べる三人。

洋子　ところでさ、あのアップルパイ、どこの？

順子　うちの近くに老舗のケーキ屋さんがあって、そこの。おいしいでしょ、あれ。
洋子　もうおいしいなんてもんじゃないわよ。バカ美味《うま》。あたし、太るの承知で三つも食べちゃったわよ。
順子　今度来る時はもっと大きいの買ってくる。
洋子　やめてよ、あたしをこれ以上、太らせるの。
順子　そんな太ってないじゃない。
洋子　そう見えるだけなの。もうこのへん（腹）がヤバいのよ、三十越えてから。
順子　ダイエットとか気にするんだ。
洋子　そりゃするわよ。まだまだオンナでありたいもの。ハハハハ。

女二人の会話をちょっと呆然と見ている哲夫。

洋子　え、何？
哲夫　お前ら、よくそんなにしゃべることあるな。
洋子　あるわよ。あっちゃいけない？
哲夫　いけなくはないけど、ちょっとうるさい。
洋子　兄さんみたい押し黙って何考えてるかわかんないのよりよっぽどいいじゃない。
順子　あたしにはよくしゃべるけど。
洋子　そうなのッ。ちょっと信じられない。

と幸太郎がのそっとやって来る。

幸太郎　すまんすまん、ついウトウトしてな。
洋子　来た来た、眠り親父が。（幸太郎に）これ（梨）食べて。お兄様が剥いてくれたんだから。
幸太郎　そうか。
順子　あ、これ（写真）見せてもらってます。
幸太郎　ああ――。
洋子　で、戦争の話はもう終わったの？
哲夫　終わってないよ。
順子　第一部は終わり。これから第二部。
洋子　そうなの。じゃあ、あたし、洗い物してくる。花火の前に片付けたいから、ごめんね。
順子　手伝おうか。
洋子　あーいいッ。料理はいまいちだけど、片付けは得意なの、あたし。（と行こうとして）あ、ビールは――飲んでないわね。ふふふふ。

とその場を去る洋子。

哲夫　よくしゃべるヤツだよ、ほんと。
順子　明るくていいじゃない。
幸太郎　ずいぶん仲がいいみたいだ。
哲夫　誰が。
幸太郎　女二人が。

順子　年齢《とし》も近いし。ハハ。
幸太郎　久し振りに聞くよ。
順子　何をですか。
幸太郎　この家で女同士のやかましい声をな。（と笑顔で言う）
順子　ごめんなさい。ふふ。

と花火の音が聞こえる。

順子　あ――もう始まるのかな。
幸太郎　いや、まだだ。あれはもうすぐ始まるという合図。
順子　そうですか。
幸太郎　……。
哲夫　……。
順子　けど、凄いですね。
幸太郎　うん？
順子　これ。

とアルバムを示す順子。

順子　知ってる？　これだけじゃなくて、あっちにもたくさん。
哲夫　ああ。

順子　しかも、こんなに几帳面に日付と場所まで書いてあって。
幸太郎　好きなんだな、そういう細かいことするのが。
順子　哲夫さんと大違い。
哲夫　そんなことないよ。オレだって細かいことは細かいよ。
順子　写真——お好きなんですか。
幸太郎　まあ、ね。
順子　素人《しろうと》写真じゃないみたい。
哲夫　言ってたじゃねえか、さっき。「自転車屋なんかじゃなくて報道カメラマンになりたかった」って。

と幸太郎を見て皮肉っぽく言う哲夫。

幸太郎　……。

幸太郎、アルバムを一冊、手に取る。

幸太郎　ま、どっちにせよしょせんは田舎の自転車屋のオヤジだ。それにわたしは文字を書く人間じゃない。コイツ（哲夫）と違ってね。
順子　はあ。
幸太郎　だから、これ（アルバム）がわたしの日記みたいなもんなんだ。
哲夫　……。

幸太郎　からだはなくなっても――家族の記録は残る。
順子　……。

とアルバムを見ながら幸太郎が口を開く。

幸太郎　お前の言った通りだ。
哲夫　え？
幸太郎　オレのせいかもしれん――母さんを早く死なせちまったのは。
哲夫　……。
幸太郎　家族のために働いてばかりいたからな。
哲夫　……。
幸太郎　順子さんは聞いてますか。
順子　ハイ？
幸太郎　死んだ女房のこと。
順子　何となくは。
幸太郎　わたしがもっと楽させてやれば、あんなに早く死ぬこともなかったのかもしれません。
順子　……。
幸太郎　ずっとパートだ何だと働いてましてね。こいつ（哲夫）を大学にやれたのもみんな母さんがいてくれたからです。
順子　……。
幸太郎　七年前――アイツが死んで、こいつは啖呵を切ってココを出て行きました。もちろん、稼業を継ぎたくなかったこともあるんでしょうが、母さんをちゃんと守ってやれなかった親父へのアレ（怒り）が大きかった――今思えばそういうことでしょう。
哲夫　……。
幸太郎　かくして、こいつはココ（アルバム）から退場して七年です。（と冗談めかして言う）
順子　今日、再登場したじゃないですか。
幸太郎　まあ。（と苦笑）

遠くで花火の音。

哲夫　聞かせてよ、続き。
幸太郎　何？
哲夫　さっきの――。
幸太郎　……。
哲夫　八戸では何をやってたのよ――軍隊で。
幸太郎　うむ。
哲夫　バンバン撃ち合ったりしたワケ？
幸太郎　訓練と飛行機の整備だ、来る日も来る日も。
哲夫　どんな訓練？
幸太郎　鉄砲の撃ち方や銃剣の使い方とか、そういうのだ。
哲夫　じゃあ「敵機発見ッ。撃てッ。ガガガガッ」って感じでもなかったんだ。
幸太郎　そうだな。けれど、何度か対空射撃があった。あの年の七月だったかな。

哲夫　何よ、対空射撃って？
幸太郎　飛来した敵の飛行機に向かって銃を撃つんだ。
哲夫　へえ。
幸太郎　自分の撃った弾がな、煙りを引いてこう光って飛んでくんだ。見ようによれば花火みたいに綺麗なもんだ。
哲夫　ふーん。
幸太郎　それに空爆じゃ多くの仲間が死んだ。
順子　空爆？
幸太郎　米軍機が空からバラバラ爆弾を落とすんだ。目の前で直撃弾を受けて仲間の中隊が全滅したこともあった。
順子　……。
幸太郎　訓練に明け暮れながらも死はすぐ隣にあった。
哲夫　……。
幸太郎　しかし、何より辛かったのは腹が減ることだった。なんせこっちは食べ盛りの十七だ。
順子　何を食べてんですか。
幸太郎　五目飯、タクワン、すいとん。すいとんなんてわかるかな。
順子　何となく。
幸太郎　だから、あれに比べりゃどんなもんでも文句は言えない。
哲夫　洋子の作ったモンでも。
幸太郎　あれに比べりゃ百倍美味い。ハハハハ。
哲夫　ハハハハ。

順子　泣いたりはしなかったんですか。
幸太郎　金坂とちがって、オレは見栄張って兵隊に行ったクチだからなあ。
順子　そうですか。
幸太郎　あ――そうそう、一度だけ。一度だけ涙があふれて止まらなかったことがあった。
哲夫　上官に殴られて？
幸太郎　いや、お月様のせいだ。
順子　お月様？
幸太郎　辛い訓練が終わって、腹をすかせて兵舎に帰る。便所に入った。と、そこから夜空にポッカリ浮かぶ月が見えてなあ。「早くうちに帰りたい」――そんな思いがあふれて泣けてしょうがなかった。
順子　へえ。

遠くで花火の音。

順子　あ――あたし、洋子さん、手伝ってきますね。

と立って行こうとする順子。

幸太郎　いや、いてください。
順子　え？
幸太郎　あなたにも聞いてほしいんだ、これから話すことは。

順子　はあ。
幸太郎　つまらん話かもしれないが、こんな話をする相手がわたしにはもういない。

順子、元に戻って座る。

幸太郎　八戸《はちのへ》での生活は決して楽しいもんじゃなかったが、今思うと、たくさんの戦友と出会えたことが何よりの財産だった。面倒をみてくれた渡辺中尉、片桐軍曹。同期生の玉井、佐々木、木村――みんな今でも鮮明に思い出すことができる。――ま、みーんなもういなくなっちまったが。ハハ。
哲夫　……。
幸太郎　決して自分で望んだ戦争じゃないが、生死をともにして、そいつらと生きたあの三ヶ月は、たぶんオレの人生で、普通の暮らしの十年ぶんくらいの重さがあったんだと思う。
哲夫　玉音放送《ぎょくおん》は八戸で聞いたの？
幸太郎　（うなずき）だが、電波の調子が悪くて、何を言ってるのかサッパリわからんかった。ハハ。
順子　広島と長崎に原爆が落ちたのは――。
幸太郎　それより前だな。広島が八月六日、長崎が八月九日。
哲夫　金坂さんはどうしたの。中隊でいっしょじゃなかったの？
幸太郎　一度もアイツに八戸の学校で会うことはなかった。まあ、そもそもあの当時、整備学校には九〇〇人からの少年兵がいたからな。
哲夫　ふーん。
幸太郎　しかし、オレはあいつと思いがけず再会することになる。

順子　終戦後に？
幸太郎　ああ。
順子　どこでですか。
幸太郎　八戸から東京へ戻る列車のなかだ。
順子　列車？
幸太郎　ああ。嘘みたいな偶然だが、行きもいっしょ、帰りもあの泣き虫野郎といっしょの列車に乗ったんだ。
哲夫　……。
順子　……。
幸太郎　終戦にともない、オレたち少年兵もみな故郷に帰ることになった。乗ったのは行きと同じ列車。昭和二十年八月二十二日の夜のことだ。そして、オレはそこで、短いオレの戦争体験のなかでも、最も印象的な出来事を体験する。

と幸太郎は立ち上がり、回想が始まる。

4 上野まで

八戸駅の喧騒が聞こえてくる。
幸太郎は縁側を越えて再び庭面に下りる。
再び、幸太郎は古い帽子を身につけ荷物を取り出す。
哲夫と順子は、和室上からそれを終始、見ている。
と軍服を着た金坂が出てくる。
行きとは違い大きな荷物を持っている。
金坂、行きとは打って変わって生き生きしている。
金坂、荷物を下ろして庭面に座る。

金坂　（窓の外に）あ、お婆さんッ。ココ、開いてますよッ。……乗らないの？　何だ、そうか。ならいいです。ハハハハ。

幸太郎、列車に乗り込む体で通路（庭）を進み、金坂のところへ行く。

幸太郎　何だ、帰りは泣いてないんだな。
金坂　え？

と顔を上げる金坂。

幸太郎　久し振り。
金坂　ののの野沢くん！
幸太郎　野川だよッ。馬鹿ッ。

と抱き合う二人。

金坂　生きて――生きてたんだなッ。
幸太郎　お前も元気そうだ。
金坂　ああ。よかったッ。ほんとよかったッ。ハハハハ。

と笑い泣きする金坂。

幸太郎　何だよ、また泣いてんのかよ。
金坂　行きとは違う。うれし泣きだッ。
幸太郎　元気だったか。
金坂　ああ。何とか生き延びたよ。
幸太郎　そうか。
金坂　ハハハハ。座れよ、ほら。早くッ。

と座席（庭面）に座る二人。
ポーッという汽笛が聞こえる。
ガクンと音を立てて発車する列車。
窓の外を見る二人。

金坂　（外に）さようなら！　お世話になりましたッ。さようなら！

と手を振る金坂。

幸太郎　何だ、行きと違ってずいぶん元気いいんだな。
金坂　だって——これで帰れるんだよ、やっと。うれしくないわけないじゃないかッ。
幸太郎　そりゃそうだけど。
金坂　オレ、いつもお前のこと、探したんだけど。見つからなくて。
幸太郎　団体行動だからな、中隊は。
金坂　少し痩せたか。
幸太郎　お前もいっしょだ。とにかくロクなもん食ってないからな、オレたちは。
金坂　そりゃそうだ。ハハハハ。
幸太郎　どうしてた？
金坂　聞いてくれッ。尻は無事だッ。
幸太郎　そうか。そりゃよかった。ハハハハ。

金坂　ハハハハ。そっちは？
幸太郎　無事だよ、オレも。（と尻を突き出す）
金坂　じゃなくて、軍隊生活。
幸太郎　ああ――訓練、訓練、訓練、訓練。何のためにこんな遠くまで来たのかわかんないよ、ほんと。
金坂　ああ。けど、もう終わりだ。
幸太郎　……。
金坂　何だよ、うれしくないのかよ。
幸太郎　そりゃうれしいこともあるさ。やっと故郷《くに》へ帰れるんだから。
金坂　ならもっとうれしそうにしろよ。
幸太郎　簡単に喜んでばかりいられるかよ。オレたちはこれからアメリカに占領されるんだ。下手すればアメ公に殺されるかも。
金坂　そりゃそうだけど、あんな生活とはおさらばできたんだ。オレはもうそれだけがうれしいよ、ほんと。
幸太郎　ほんとにお前は単純なヤツだなあ。
金坂　何とでも言えッ。
幸太郎　（哲夫らに）帰りも行きと同じ二十時間。オレと金坂の長い旅がまた始まった。

哲夫、バッグからノートを取り出す。
そして、幸太郎の物語をノートに書き留め始める。

順子　（それを見て）……。

ガタンゴトンと走る列車内。
金坂は荷物から弁当の包みを出す。

金坂　弁当の配給は？
幸太郎　もらった。
金坂　じゃ食おう。
幸太郎　ちょっと待てッ。
金坂　何？
幸太郎　今食うと後がつらいぞ、きっと。
金坂　そうかな。
幸太郎　そうだよ。後二十時間もあるんだぞ、上野まで。計算して食わないと。
金坂　わかった。少し我慢しよう。

と弁当を脇に寄せる金坂。
ガタンゴトンと走る列車。

幸太郎　オレたちがこっちに来たすぐ後、また東京で大きな空襲があった話、知ってるか。
金坂　うん。同期生から聞いた。
幸太郎　大丈夫かな。
金坂　うちは田舎の方だから。

幸太郎　そうだな。

金坂、弁当が気になる。

幸太郎　それに噂じゃすげえ威力の新型爆弾が落ちて、たくさん人が死んだらしい。
金坂　……。
幸太郎　ほんとアメリカのヤツらはひどいことするもんだよ。
金坂　……。
幸太郎　何チラチラ見てんだよッ。
金坂　いや――。
幸太郎　食いたいなら食えばいいだろう。
金坂　だって。
幸太郎　だって何だよッ。
金坂　今食うと後がつらいって言ったじゃないか。
幸太郎　つらいけど食いたいんだろう。
金坂　そりゃまあ。
幸太郎　何だよ、人が真剣な話してるのに、弁当チラチラ見て。失礼だよッ。
金坂　ごめん。
幸太郎　……。
金坂　……。
幸太郎　あーッ。お前が弁当に注意向けるからオレも弁当が食いたくなってきたじゃないかッ。

金坂　食うか、いっしょに？
幸太郎　先食えよ。オレはもう少し我慢する。
金坂　じゃあオレも我慢する。
幸太郎　いいよ、食えよ、先に。
金坂　ヤだよ。
幸太郎　なんで？
金坂　だって先に食って、オレの腹が鳴り出した頃、お前が美味そうに弁当食ってるのつらいもん。
幸太郎　つらいもんじゃねえよ。そういう想像力はちゃんと働くんだな。
金坂　……。
幸太郎　オレは今、日本の置かれた厳しい状況について話してるんだよ。弁当のことなんか二の次だよッ。

ガタンゴトンと走る列車。

幸太郎　中身、見たのかよ。
金坂　え？
幸太郎　その（弁当）中身、見たのかよ。
金坂　まだ。
幸太郎　見てみろよ。
金坂　いいよ。
幸太郎　なんで？

金坂　見たら食いたくなるじゃないか。
幸太郎　いいから見てみろよ。知りたいんだよ、中身が。
金坂　どうせ相変わらずの飯と梅干しだろ。
幸太郎　見てみなきゃわかんないじゃないか。
金坂　そんなに知りたいなら、自分で見ればいいだろう。
幸太郎　わかったよッ。自分で見るよ。

包みを開けてみる幸太郎。

金坂　何だった？
幸太郎　予想通り。飯と梅干しだよ。
金坂　そうか。

黙ってしまう二人。

幸太郎　オレが食えばお前も食うか。
金坂　ああ。
幸太郎　ふーん。
金坂　食わないの？
幸太郎　……。

幸太郎、おもむろに弁当を食べる。
続いて、金坂が包みを開けてガツガツと弁当を食べる。

哲夫　食うんだ、結局。（とつぶやく）
幸太郎　……何かオレは悲しいよ。
金坂　何が。
幸太郎　日本の厳しい状況と。
金坂　ああ。
幸太郎　自分の食欲との関係がだよ。
金坂　うん。
幸太郎　（食べる）
金坂　（食べる）
幸太郎　（モゴモゴしながら）とにかく腹が減って――。
哲夫　食べ終わってからでいいよ。
幸太郎　すまん。

順子、幸太郎にお茶を出す。

幸太郎　すまんな。
順子　どういたしまして。

幸太郎、金坂にも茶をあげる。
金坂、「?」となるが飲む。
轟音とともに列車がトンネルに入る。
暗くなる幸太郎たち。
トンネルを抜ける列車。

幸太郎　とにかく腹が減って仕方なかった。日本の置かれた厳しい状況も大事だったが――。
金坂　（食べる）
幸太郎　腹が減って仕方ないことも大事な問題だった。

弁当を食べる金坂。

幸太郎　思い返せば、すべてのものが愛しく思えた行きの列車とは大違いだった。これから死ぬかもしれないという心と、これから生きなければならないという心は、人間をこうも変えてしまうものなのか、と。

食べ終わる金坂。

幸太郎　何か――。
金坂　うん。
幸太郎　虚しいな。

金坂　……うん。

ガタゴトと走る列車。

哲夫　何かわかるような気がする。
幸太郎　そうか。
哲夫　こんな映画があってさ。
幸太郎　うん？
哲夫　主人公は定年間際の刑事でさ。もう危険な仕事からは引退して平凡に暮らしたいと思ってるんだ。けど、そんな時、主人公の老刑事は、医者から不治の病に犯されていて、余命は少ないってことを知るんだよ。
幸太郎　ああ。
哲夫　で、主人公の世界は一変するんだ。見るもの聞くもの全部愛しく見える。けど、それは医者の誤診だったんだ。主人公は実は元気だったんだ。そうしたとたん、今まで綺麗に見えた世界がまた元のつまらない世界に一変する――。
幸太郎　……そうかもしれん。

ガタゴトと走る列車。
奇妙な音が聞こえてくる。
それは金坂の鼾《いびき》である。
いつの間にか眠っている金坂。

順子　寝てるわ、この人。

鼾をかいて眠っている金坂。

幸太郎　食って寝る——人間として当たり前のことだ。しかし、鼾をガーガーかいて眠っているコイツを見てると、なぜか怒りが沸き上がってきた。

鼾をかいて眠っている金坂。

幸太郎　うがったことを言えば、飯を食らい、平然と眠りこけるこの男の姿に、少年のオレは、戦後の日本人が辿る姿を見たのかもしれない。

鼾をかいて眠っている金坂。
それを見ている哲夫と順子。

幸太郎　叩き起こしてブン殴ってやろう——そう思って席を立った時だった。

金坂、寝返りを打つ。

金坂　母ちゃん、もうしないよ……。

眠り続ける金坂。

幸太郎 「母ちゃん、もうしないよ」――金坂はそうつぶやいたんだ。

哲夫 ……。

順子 ……。

幸太郎 それを聞いて一気に怒りがしぼんでいった。そう、考えてみれば金坂もオレもまだ十七のコドモだった。

哲夫 ……。

順子 ……。

金坂 美代子……。

と寝言を言う金坂。

哲夫 何て言った？

順子 みよこ？

とゴーッと列車が軋みながら橋を渡る。

目を覚ます金坂。

金坂 あれ――眠ってたか、オレ。

幸太郎　ああ。
金坂　どこだ、ここ?
幸太郎　盛岡くらいだ。まだ先は長い。
金坂　そうか。
幸太郎　夢でも見てたのか。
金坂　なんで?
幸太郎　寝言言ってたから。
金坂　そうか。なんて言ってた?
幸太郎　「もうしないよ、母ちゃん」とか何とか。
金坂　そうか。参ったな、そりゃ。
幸太郎　悪さして叱られてたのか。
金坂　え、まあ。
幸太郎　お前、好きな女がいるのか。
金坂　なんで?
幸太郎　「美代子」とか何とか。
金坂　寝言で?
幸太郎　ッたくガキのくせして——いっちょ前に。
金坂　妹だよ。
幸太郎　妹?
金坂　話したろう。裁縫のうまい——。
幸太郎　……。

金坂　ハハハハ。夢のなかで美代子いじめてたら母ちゃんが来てな。
幸太郎　そうか。……馬鹿野郎ッ。（と金坂を叩く）
金坂　痛テッ。
幸太郎　ハハハハ。

ガタンゴトンと走る列車。

幸太郎　そうこうしているうちに夜が来た。

黙って目を閉じている幸太郎。
金坂、荷物を枕に眠ろうとするが眠れない。

金坂　……畜生ッ。
幸太郎　何だよ。
金坂　腹が減って全然眠れないぜ。
幸太郎　眠ってたじゃないかッ、さっき。
金坂　あれは弁当食ったすぐ後だから。お前は寝てないのか。
幸太郎　ああ。
金坂　後どのくらいかかるんだ、上野まで。
幸太郎　（時計を見て）えーと、十時間くらいか。
金坂　そんなにあるのかッ。

幸太郎　だから言ったろう、後でつらくなるって。
金坂　お前が食うって言うからオレは食ったんだ。
幸太郎　ちょっと待て。そもそも弁当の包み最初に出したのはお前だぞ。
金坂　けど、お前が食わなければオレも我慢したんだ。
幸太郎　馬鹿言うなッ。お前が弁当ばかりに気を取られて話、聞かないから仕方なくオレは——。
金坂　けど、最初に手をつけたのはお前の方だ。
幸太郎　何だよ、その言い方。いいか——。

幸太郎、反論したいが脱力する。

幸太郎　馬鹿馬鹿しいッ——こんなことで言い争って何になる。
金坂　……。

ガタゴトと走る列車。

幸太郎　（哲夫らに）まったく馬鹿みたいだが、こんな感じでオレたちは険悪な雰囲気だった。

聞いている哲夫と順子。
列車の金坂、幸太郎を促す。

金坂　（小声で）おい——おいッ。

幸太郎　うん？
金坂　見てみろよ、アレ。

と別の座席の方を示す金坂。

金坂　黄粉餅《きなこ》だ。
幸太郎　（哲夫らに）そこに黄粉のついた餅を食っている乗客がいた。
金坂　（見て）……。
幸太郎　（見て）……。

金坂、黄粉餅を食う男の真似をする。
箱から取り出して、口に運び、食らい、もぐもぐ嚙み、喉を通す。

幸太郎　やめろ、馬鹿ッ。みっともないッ。
金坂　……くそッ。
幸太郎　帰ったらオレたちだって食えるさ、ああいうのが、きっと。
金坂　（泣きたい）……。
幸太郎　そんな顔するな。
金坂　もういいよッ。

とふて腐れて目を閉じる金坂。

幸太郎　（哲夫らに）空腹で眠れぬ夜を過ごした翌朝。腹が減り過ぎて、金坂はだんだん奇妙な行動を取り出した。

金坂、履いていた靴を脱ぐ。
そして、その靴にかじりつく。

金坂　うまいッ。ハハハハ。
幸太郎　大丈夫か、金坂ッ。
金坂　大丈夫じゃないよッ。ハハハハ。お前もどうだ。アンコのいっぱい詰まった饅頭だッ。ほらッ。（と靴を薦める）
幸太郎　後少しだ。後少し頑張れッ。
金坂　もう限界だよ。ハハハハ。ハハハハ。ハハハハハ。（靴を貪り食って泣く）

幸太郎、金坂を抱き締めてやる。

幸太郎　（哲夫らに）泣きたいのはオレも同じだった。訓練も苦しかったが、こっちの方がある意味で何倍も苦しいことだった。
哲夫　確かに。
順子　わかるような気がする。
幸太郎　そんな時だった。アイツが現れたのは。

哲夫　アイツ？
順子　誰ですか。

ガクンと停止する列車。
と、一人の若い女がやって来る。
質素な服装の引っ詰め髪の女——白鳥政江。
大きな荷物を背負っている。

政江　ここ、いいですか。
幸太郎　どうぞ。

と幸太郎たち詰めて横に寄る。

政江　どうもありがとう。ご苦労様です。

と丁寧にお辞儀して幸太郎たちの横に座る政江。

政江　ほんと暑くてかなわないわ。（と汗を拭う）
幸太郎　はあ。
政江　具合が悪いんですか。
幸太郎　え？

政江　お連れの方。
金坂　ああ、大丈夫です。ちょっと眠れなくて、その、アレしてて。
政江　兵隊さんよね。
幸太郎　ハイ。
政江　ご帰還ですか、東京へ？
幸太郎　そうです。
政江　どちらから？
幸太郎　青森の八戸から。
政江　それはそれは――ご苦労様でした。
幸太郎　いえ。
政江　失礼ですけど、おいくつですか。とても若く見えるけど。
幸太郎　十七歳であります。
政江　じゃあ、あたしの弟と同い年だわ。
幸太郎　そうですか。

ポーッと汽笛が鳴り、ガクンと動き出す列車。
政江、荷物から包みを出す。

政江　これ食べてください。

と包みを幸太郎に差し出す政江。

幸太郎　これは——。
政江　お握りです。二つしかありませんけど。
金坂　おおおおお握り！　おにおにおにおにおにおにおにおにッ！

と狂喜して、幸太郎をバンバン叩く金坂。

幸太郎　静かにしろッ。
金坂　……。
政江　どうしたの、大丈夫？
金坂　ハイッ。自分は大丈夫であります！

と敬礼する金坂。

政江　ふふふふ。元気がいいのね。
金坂　いえ、さっきまではありませんでしたッ。
政江　そうなの。ふふ。さ、遠慮しないで食べて。
金坂　（幸太郎を見る）
幸太郎　いえ、いただけません。
金坂　おーいッ！

と、金坂、大きくズッコケる。

政江　なんで？　おなか減ってないんですか。

幸太郎　いえ、とても減ってます。

政江　じゃあどうぞ。

金坂　ハイッ。

幸太郎　（止めて）おとなしくしてろッ。

金坂　……。

幸太郎　ご厚意はありがたいんですが、これを頂くわけにはいきません。

政江　どうして？

幸太郎　この握り飯は誰のために作ったものですか。

政江　自分のためです、ここで食べようと思って。

幸太郎　じゃあ、自分たちがこれを食べたらあなたはどうするんですか。

政江　あたしは大丈夫です。そんなにおなかは減ってませんから。

金坂　そうですか。ハハハハ。

幸太郎　静かにしてろって言ったろうッ。

金坂　けど――。

幸太郎　いいから、ここはオレに任せろッ。

金坂　……。

金坂は子犬のようにしゅんと座る。

幸太郎　この時代、腹の減ってない人間はそんなにいない。
政江　だから？
幸太郎　自分たちがこれを食べて満たされるということは、他の誰かが満たされないということです。
政江　ずいぶん理屈っぽいのね。
幸太郎　理屈っぽかろうが何だろうが、そういうことです。
政江　……。
幸太郎　それに「武士は食わねど高楊枝」と言います。
政江　はあ。
金坂　ちょっと失礼。

と政江に言い、幸太郎を隅に引っ張る金坂。

金坂　気でも違ったのか。せっかくの厚意を無にするのかよッ。
幸太郎　……。
金坂　何が「武士は食わねど高楊枝」だよ。だいたいオレたちは武士じゃないじゃないかッ。
幸太郎　自分の欲だけ満たされればそれでいいのか、お前はッ！
金坂　……。
幸太郎　オレたちより腹のすいてる子供がいたらどうする？
金坂　どこにいるんだよッ。いるなら連れてきてくれよ。そしたら、あきらめるよ、オレも。いいじゃないか。な、いただこう。

幸太郎　……。
金坂　じゃあいいよ。お前がもらわなくてもオレはいただく。
幸太郎　待てッ。
金坂　何だよッ。
幸太郎　貴様、それでも帝国軍人か！
金坂　負けたじゃないかッ。帝国はもうなくなるんだよ。
幸太郎　何だとッ。もういっぺん言ってみろ！（と胸倉を摑む）
金坂　何遍でも言ってやるッ。帝国はもうないんだッ。
政江　やめなさいッ。何してるの、こんなとこで。

とそれを止める政江。
ぷいと背を向け合う幸太郎と金坂。

政江　（周りの乗客に）すいません。何でもありませんから。ほら、座って。こっちに、ほら。

と二人を元の位置に座らせる政江。

政江　こんなことで喧嘩しないでください。喧嘩は——もうたくさん。

とポツリとつぶやく政江。
ガタゴトと走る列車。

政江　じゃあ、こうしましょう。
金坂　（見て）……。
幸太郎　（見て）……。
政江　今からあたしがお二人の前でこれを食べます。
金坂　え？
政江　それでもいいならご自由に。

政江、包みを開けてお握りを出す。

金坂　（注目してゴクリと唾を飲む）
幸太郎　（注目してゴクリと唾を飲む）
政江　（食べようとする）

二人、正視できずに顔をそむける。

政江　ハハハハ。

と笑い出す政江。

政江　意地っ張りね、ほんと。

幸太郎　（目をそらす）
政江　あなた――お名前は？
幸太郎　野川幸太郎。
政江　あなたの言うことはとても立派だと思います。けれど、これを作ったあたしが、お国のために苦労してきた弟みたいなお二人にコレを食べてもらいたいと思う――食べる理由はそれだけじゃ足りないかしら？
幸太郎　……。
金坂　……。
政江　いつもじゃダメだけど、甘えていい時は甘えていいのよ。
幸太郎　……。
金坂　……。
政江　どうぞ。

と握り飯を差し出す政江。
幸太郎の目に涙があふれてくる。
そして、金坂の目にも。

幸太郎　いただきますッ。
金坂　いただきますッ。

と深く一礼する幸太郎と金坂。

二人、握り飯を受け取って貪るように食べる。

幸太郎　うまいですッ。
金坂　うんッ。
政江　ふふふふ。

と姉のような視線で二人を見て笑う政江。
そして、二人に水筒の水をやったりする。

幸太郎　（泣きながら食べる）
金坂　（泣きながら食べる）

その姿をある感動をもって見ている哲夫と順子。
時間がかかってもいいので、ちゃんと全部、食べたい。
食べ終わる幸太郎と金坂。

幸太郎　何の変哲もない塩味の握り飯――だが、それまで食ったどんな食い物よりも、あの握り飯は美味かった。
哲夫　（うなずく）
順子　（うなずく）

走る列車内の政江と金坂は無言でしゃべっている。

幸太郎　その日、彼女は東京にいる家族のために食料を買い出しに水戸に行ってきた帰りということだった。

金坂としゃべって笑っている政江。

幸太郎　列車はそれから数時間後に上野に到着――行きとはまったく違う風景がそこにあった。辺り一面焼け野原。粗末なバラック小屋のような建物ばかりが目についた。赤ん坊を背負った母親の姿が見える。しかし、その風景に赤ん坊は妙にそぐわないように見えた。

窓の外（舞台前面）を呆然と見る金坂と幸太郎。
夕刻の近い時間である。
と列車がガクンと音を立てて止まる。
上野駅の喧騒が聞こえてくる。
「上野ーッ上野ーッ」という声が聞こえる。
荷物を持って行こうとする政江。

幸太郎　あのッ。
政江　（止まって振り返り）ハイ？
幸太郎　名前、教えてください。

政江　ごめんなさい。言ってませんでしたか。
幸太郎　ええ。
政江　政江です。白鳥政江。
幸太郎　……お元気でッ。
政江　お二人も。
金坂　ありがとうございましたッ。（と深く頭を下げる）
幸太郎　（頭を深く下げる）

政江は大きな荷物を背負って、淫しく去る。
それをいつまでも見送っている幸太郎と金坂。

順子　（哲夫に）どうしたの？
哲夫　白鳥政江……。
幸太郎　オレたちに列車で握り飯をくれたその女——それが白鳥政江。後にオレが結婚するお前のお袋だ。
順子　そうなんですかッ。
幸太郎　（うなずく）
哲夫　ちょっと待ってよ。
幸太郎　何だ。
哲夫　お袋とは友達に紹介してもらって結婚したんじゃないのかよ。
幸太郎　そうだ。だが初めて会ったのはこの時だ。

哲夫　なんで黙ってたんだよ、ずっと。
幸太郎　決まってるだろう。恥ずかしかったからだ。
哲夫　……。

と、いつの間にかそこは二人が別かれる駅構内になる。
立っている幸太郎と金坂。

幸太郎　オレたちもここでお別れだな。
金坂　うん。
幸太郎　オレはこっちだ。
金坂　うん……。
幸太郎　なんて顔してるんだよ。
金坂　いや――。（と泣いてしまう）
幸太郎　何泣いてんだ、馬鹿ッ。
金坂　すまないッ。

幸太郎、手を差し出す。
金坂、その手を取る。

幸太郎　元気でな。
金坂　必ず連絡するから。

幸太郎　ああ。
金坂　……野川くん。
幸太郎　うん。
金坂　さよならッ。

と泣いてその場を去る金坂。

幸太郎　こうしてオレの昭和二十年の三ヶ月は、金坂の涙で始まり金坂の涙で終わった。

喧騒が遠ざかっていく。

5〜父と子

幸太郎、元の居間に戻ってくる。

幸太郎　幸運にもオレの家族はみな無事だった。親父もお袋も、姉も。戦争は終わったんだ。

それを聞いている哲夫と順子。

幸太郎　翌年、学校を出たオレは、親父の自転車屋で働く生活が始まった。そして、金坂と再会。毎年、暮れになると、旧交を暖めることになった。何年目のことだったか——金坂が何気なく提案した。
哲夫　何を。
幸太郎　「列車でオレたちに握り飯をくれたあの女の人にお礼を言おう」と。
哲夫　……。
順子　……。
幸太郎　それからオレと金坂は八方手を尽くして、名前しかわからないあの女の人の捜索を始めた。
哲夫　……。
順子　……。
幸太郎　簡単にはわからなかった。しかし、水戸から乗って上野で降りたことはわかっている。それだけを頼りに、オレと金坂はあの人を探した。

哲夫　うん。

順子　……。

幸太郎　見つけたのはオレじゃなくて金坂だった。彼女――つまり白鳥政江は、下町両国で染め物業をしている家の娘さんだった。

哲夫　……。

順子　……。

幸太郎　金坂とオレは、彼女に丁寧に手紙を書き「もし嫌でなかったら一度、お会いしてお礼を言わせてください」とそこに書いた。

順子　それで？

幸太郎　会ったんだ、彼女に。終戦からすでに八年。オレは二十六歳になっていた。

順子　お母さんはいくつだったんですか。

幸太郎　三つ年上の二十九だ。

順子　へえ。

哲夫　つまり、友達の紹介っていうのは金坂さんのこと？

幸太郎　ああ。

哲夫　……。

幸太郎　けど、もしかしたらアイツも政江のことが好きだったのかもれん。

哲夫　……。

順子　お父さんがプロポーズしたんですか。

幸太郎　うむ。

順子　キャーッ。
幸太郎　けど、よくよく考えると、最初の出会いがマズかった。
哲夫　どういう意味？
幸太郎　何と言うか――ご馳走したんじゃなくて、ご馳走されたことにどこか引け目がある。だから
いつも頭が上がらない。
哲夫　……ハハ。
順子　ハハハハ。
幸太郎　他人《ひと》にはどんな時も親切にしよう――どこまでそんなことができたかはわからんが、少なくともそんな風に思って生きてこれたのは、アイツとの出会いのせいだ。――ま、当のアイツにオレは不親切だったが。
哲夫　……。

と花火の音が聞こえる。

順子　金坂さんはその後、どうなったんですか。
幸太郎　人の人生というのは不思議なもんだ。
順子　と言うと。
幸太郎　あの泣き虫野郎は、戦後はしたたかに生きた。小さな旅館から始まり、ホテルの社長になった。今じゃあいつが経営していたホテルは全国に三十もある。
順子　……。
幸太郎　大成功の人生だった――けれど本人はいつまでも気さくないい親父だった。

哲夫　……。

と洋子が戻ってくる。
洋子、いつの間にか浴衣を着ている。

洋子　もうそろそろ始まるわよ。
幸太郎　何だ、お前――ずいぶん洗いものに時間がかかると思ったら。
洋子　いいじゃない。毎日、自転車相手だから、たまにはこういう格好しないとオンナであることを忘れてしまいそうで。ふふ。
順子　似合うゥッ。
洋子　ありがとうッ。そんなこと言ってくれるのは順子さんだけ。ハハハハ。
順子　ハハハハ。
幸太郎　聞いてたんじゃないだろうな。
洋子　何を。
幸太郎　オレの話だ。
洋子　聞いてないわよ。なんで？
幸太郎　戻って来るタイミングが凄くいいからだ。
洋子　話、終わったんだ？
幸太郎　ああ。
洋子　そりゃご苦労様でした。退屈だったでしょ、ごめんね。
順子　ううん。すごく――面白かったッ。

洋子　さあ、行こう。（時計を見て）ほら、ここの花火は始まりが凄いんだから。

と順子を促す洋子。
順子と洋子は玄関の方に去る。
舞台に残る哲夫と幸太郎。

哲夫　洋子は知ってるの、今の話。
幸太郎　いや――初めて話した。
哲夫　……。

幸太郎、仏壇の前に座る。

幸太郎　話は終わりだ。行ってこい。
哲夫　うん。

庭先に洋子が哲夫の靴を持ってくる。
続いて順子。

洋子　ほら、兄さん行くよ。履いて履いてッ。（順子に）さ、行こう。

と行こうとする洋子。

順子　ちょっと。（と止める）
洋子　何？
順子　聞かないの？
洋子　何を。
順子　だから——その、二人が仲直りしたかどうか。
洋子　そんなのは後回しッ。ここの花火は最初が見ものなの。ほら早く！

とその場を去る洋子。

順子　（哲夫を見る）
哲夫　（苦笑）
順子　……早く来てね。先、行くから。

と庭先から洋子を追って去る順子。
靴を履く哲夫。

幸太郎　どした？　ぐすぐずしてると始まるぞ。
哲夫　なんで？
幸太郎　……。
哲夫　なんで、オレにそんな話、聞かせたんだよ。

幸太郎　聞きたいって言ったろう、戦争の話を。
哲夫　……。
幸太郎　だからしゃべった――それだけだ。

哲夫、舞台前方の川に架かる橋を見る。

哲夫　できたんだね。
幸太郎　うん?
哲夫　橋――。
幸太郎　ああ。
哲夫　……。
幸太郎　渡れない造りかけの橋も――いつかは架かる。
哲夫　……。

花火の音――。

哲夫　じゃあ先に――。
幸太郎　今度はしくじるなよ。
哲夫　え?
幸太郎　順子さんと。
哲夫　ああ。

と去る哲夫。
舞台に一人残る幸太郎。

幸太郎　……。

とアルバムをパラパラとめくり、閉じる。
そして、仏壇を見る。
印象的な明りで浮かび上がる仏壇。

幸太郎　（見て）……。

と「ババババババッ」と物凄い音がして花火大会が始まる。
ふと花火を見上げる幸太郎。
仏壇（政江）が残って、舞台は闇に消えていく。

［参考・引用文献］

○『実録昭和史1・2』（ぎょうせい）

○『一少年の観た「聖戦」』（小林信彦著／ちくま文庫）
○『戦争論1〜3』（小林よしのり著／幻冬舎）
○『誰も「戦後」を覚えていない』（鴨下信一著／文春新書）
○『戦中用語集』（三國一郎著／岩波新書）
○『あの日、何があったのか？』（細川隆元著／ランダム出版）

正太くんの青空

［登場人物］

○新井延子（正太の母親／弁当屋パート）
○綱取（直行の父親／産婦人科医）
○みなみ（直行の母親）
○藤枝（仁志の父親／タレント）
○眞弓（仁志の母親）
○杉山（教師／学年主任）
○内堀（教師／正太の担任）
○井上（教師／生活指導員）
○福田（証言者／用務員）
○佐藤（学童保育係）
○岡林（研修中の男）

プロローグ

開演時間が来ると人形を持った三人の女が舞台に出てくる。

正太人形を操る女A（延子）、直行人形を操る女B（みなみ）、仁志人形を操る女C（眞弓）。

正太人形は開演前の注意事項を述べる。

正太　「本日は『正太くんの青空』にご来場いただき、ありがとうございます」
直行・仁志　「ありがとうございます」
正太　「開演に先立ち、いくつかご注意を申し上げます。携帯電話、時計のアラームなど、音の出るものの電源は――おしりください」
直行　「何だよ、おしりくださいって。ハハハハハ」
仁志　「ハハハハハ。もう一度言え、タコッ」（と正太人形の頭をたたく）
正太　「痛ッ」
直行　「痛ッじゃねえよッ」
仁志　「ぐずぐずすんなよッ」
正太　「携帯電話、時計のアラームなど音の出るものの電源は――お切りください。途中休憩はございません。上演時間は」――。
仁志　「上演時間はどのくらいなんだよッ」

正太「上演時間は」――。（と泣く）
直行「何泣いてんだよッ、馬鹿ッ」
と正太人形を攻撃して口を塞ぐ直行。
仁志「上演時間は一時間四十五分を予定していまーす」
正太「うーうーうーッ」
と正太人形を攻撃して口を塞ぐ仁志。
直行「途中休憩はございませーん。最後までごゆっくりお楽しみくださーい」
正太「うーうーうーッ」
二人、正太人形を攻撃する。
正太「ぐわッ」
仁志「ハハハハ」
直行「ハハハハ」
直行人形、仁志人形は笑いながら去る。
正太人形は一人舞台に残る。

と「夕焼け小焼け」のメロディが聞こえてくる。

正太　「（泣く）」

と小学生の女の子のマイクを通した特徴的な声が聞こえる。

女の子（声）「下校時刻になりました。学校に残っている児童は、車に気をつけて早くおうちに帰りましょう」

正太、トボトボとその場を去る。

と暗くなる。

1～審議

たどたどしいピアノを練習する音が遠くから聞こえてくる。
舞台に明かりが入ると、そこは東京郊外にある市立青空第二小学校。
鉄筋コンクリートでできた校舎の二階にある会議室。
舞台中央に細長いテーブルが「コ」の字に組み合わされて置かれている。
その周りにパイプ椅子が八脚。奥に数脚。
上手の手前に黒い革張りのソファ。
舞台奥に文字の書けるホワイトボード。
下手手前に会議室に出入りするドア。
下手奥は隣室（校長室）に通じるが入り口は客席からは見えない。
その横に隣室が見える小窓が迫り出しているが、カーテンが引いてある。
舞台前方には校庭の見渡せる窓があるという体。
ある初夏の午後——一学期が終わり、来週からは夏休みという日。
と、下手のドアが開き、学年主任の杉山が入ってくる。
手に報告書を持っている。
続いて岡林——存在感のない不思議な男。
杉山、舞台奥に岡林を誘導する。

杉山　（パイプ椅子を出し）じゃあこちらで――。間もなく始まりますから。
岡林　ありがとうございます。（懐から飴の缶を出し）あ――飴、食べますか。
杉山　結構です。

岡林、その椅子に座る。
岡林は指定がない限り、隅でじっとして、人々のやり取りを聞いている。
杉山、立ったまま報告書を読む。

杉山　（ページをめくり）……。

たどたどしいピアノの練習曲――。
と愛想のない学童保育係の佐藤（女）が来る。

佐藤　お呼びですか。
杉山　ああ――子供たちは？
佐藤　待機してもらってます、あっちに。
杉山　そうか。
佐藤　お任せください。
杉山　こういう状況だ。逃げるなんてことはないと思うが、しばらくよろしく頼むよ。
佐藤　仕事ですから。じゃあ――。

と行こうとする佐藤。

杉山　あ、こっちには連れてこないでくれよ、呼びに行かせるまで。
佐藤　わかりました。

とその場を去る佐藤。
と校長室の方から内堀がやって来る。

内堀　コピーし終わりました。
杉山　ご苦労様。
内堀　何か？
杉山　あの学童保育の先生――。
内堀　佐藤さんですか。
杉山　やけに愛想が悪いと思ってさ。
内堀　けどベテランらしいですよ。
杉山　ふーん。……で、どうだ。
内堀　ハイ？
杉山　様子だよ、そっちの。

と校長室を示す杉山。（誰かいるらしい）

内堀　今は落ち着いてます。
杉山　……そうか。
内堀　大丈夫ですかね。
杉山　何が。
内堀　その、何と言うか――会わせて。
杉山　誰と。
内堀　こっちに来るご両親に。
杉山　……。
内堀　こう言うとナンですけど、言うなれば敵《かたき》同士みたいなもんですよね。
杉山　他人事《ひとごと》みたいに言うなッ。君のクラスの生徒の問題なんだぞ。
内堀　すいません。
杉山　仕方ないだろ。こうなった以上、関係者が集まって解決策を講じるしか。
内堀　はあ。

報告書を見ている杉山。

杉山　どう思う?
内堀　ハイ?
杉山　これ――。（と報告書を示す）
内堀　はあ。

杉山　はあって何だ。
内堀　すべてを事実と言い切るにはまだ何とも。
杉山　……。
内堀　しかし、煙のないところに火は立たないわけですから。
杉山　……逆だよ。火のないところに煙は立たない、だ。
内堀　現に正太くんはああいう状態なわけですし。
杉山　聞いてるのか、人の話。
内堀　はあ。
杉山　どうでもいいことかもしれんが。
内堀　ハイ。
杉山　ここ、漢字じゃない方がいいんじゃないか。

と報告書を内堀に差し出す。

杉山　この字――。（と示す）
内堀　「いじめ」が何か。
杉山　漢字だと何かインパクト強いんじゃないか。
内堀　そうですかね。
杉山　虐待の「虐」じゃないか、これ。
内堀　こっちの方がよかったですか。苛酷《かこく》の「苛」――。

と空中に「苛め」と書く。

杉山　そういう問題じゃないよッ。漢字で書くとドぎつい感じがするだろ。こういうことに敏感なんだから、親御さんは。

内堀　平仮名に直しますか。

杉山　いいよ、もう。

と「どうぞ、こちらです」という井上の声がする。

内堀、ドアから外を見る。

内堀　いらっしゃいました。

杉山、ネクタイを締め直す。

と若い女教師——井上が人々を案内してくる。

続いて、綱取とその妻のみなみが会議室に入ってくる。

眼鏡をかけた綱取はスーツにネクタイ姿、みなみは上品な和服を着ている。

続いて藤枝とその妻の眞弓が入ってくる。

藤枝はラフなスーツ姿、眞弓はお洒落な洋装に日傘を持っている。

眞弓は妊娠七ヶ月。

井上　あ、杉山先生。こちら、綱取さんです、直行くんの。こちらが藤枝さん——仁志くんの。

杉山　どうもどうも、暑いなかご足労かけまして。学年主任の杉山でございます。
綱取　綱取です。
みなみ　どうも杉山先生。その節はいろいろ――。
杉山　ご苦労様でございます。
藤枝　はじめまして、藤枝です。（と杉山と握手する）
杉山　拝見してます、いつも、テレビで。お忙しいところを恐縮です。
藤枝　ほんとですよ。ハハハハ。
眞弓　お久し振りです。仁志がいつもお世話になっております。
杉山　どうもどうも。（妊娠を知り）いつですか、ご予定は？
井上　後三ヶ月だそうです。
杉山　いやあ、大変な時にすいません。ささ、立ち話もナンなんでお座りになってください。

人々、岡林に気付く。

みなみ　こちらは――？（と岡林を見る）
杉山　あ、岡林さん――隣町の小学校の先生です。
岡林　（立って頭を下げる）
杉山　似たような問題に直面しているということで。校長の知り合いで、どうしても見学したいということだったので。
みなみ　……。
杉山　大丈夫です。ここで話されることは他言無用と誓約してもらってますから。外部には絶対。

岡林　（大きくうなずく）

人々はすぐに岡林のことは忘れる。

綱取　わたしたちだけですか。
内堀　ハイ？
綱取　電話の話だとみなさん集まると――。
内堀　正太くんのお母さんはそちらに。
みなみ　いらっしゃてるの、そちらに。
杉山　ええ、今すぐ――。井上先生、お願いします。
井上　ハイ。
杉山　あ、それとお茶もね。

と井上は隣室の方へ去る。

杉山　申し訳ありませんね。本来なら校長がご挨拶したいところですが、現在、入院中でして。
綱取　鬱病ですってね。大変ですな。
みなみ　あたしたちＰＴＡがいじめ過ぎるから。ホホホホ。
眞弓　ふふふふ。
杉山　あ、すいません、こんなところで。冷房、もうすぐ利きますから。
藤枝　（内堀に）ウッチー？

内堀　ハイ？
藤枝　うちの子がそう呼んでるみたいだから。
内堀　そうです、ウッチーこと内堀です。よろしくお願いします。
藤枝　今の先生（井上）はピョコタンですか。
内堀　いいえ、彼女はミニーちゃんです。ハハ。
藤枝　ハハハハ。なるほど。杉山先生にもあるんですか。
杉山　ハイ？
藤枝　あだ名。
杉山　さあ、どうでしょう。
内堀　あります。
藤枝　なんて？
内堀　本人の前では言えません。
藤枝　そんなひどいんですか。
内堀　ひどいですね、ハッキリ言って。
藤枝　「大仏くん」とか。ハハハハ。
内堀　ハハハハ。
綱取　（咳払い）
藤枝　あ、こりゃ失礼。
眞弓　ヒーくん……あ、仁志たちは？
杉山　直行くんといっしょにあっちで待機してもらってます。
眞弓　教室で？　二人きりで？

杉山　大丈夫です。学童保育の係のものが付き添ってますから。
眞弓　冷房ないんですよね、教室には。
杉山　はあ。
眞弓　可哀相じゃありませんか、そんなとこにずっと。
杉山　慣れてますよ、みんな。いつもそこで授業してるわけですから。
眞弓　ちょっと見てきます。どの教室ですか。

と出て行こうとする眞弓。

杉山　ちょっとお待ちをッ。
眞弓　……。
杉山　お会いになるのは話が一段落してからで。
眞弓　けど――。
杉山　お気持ちはわかりますが、段取りがありますから。
眞弓　……。
杉山　お願いします。お座りください。

眞弓、藤枝に促されて椅子に座る。

綱取　どちらにせよ、早いとこ頼みますよ。今週も予約でいっぱいでして。
杉山　それはじゅうぶん――。

藤枝　今度、コイツもお願いしましょうかね。（と眞弓の腹を触る）
眞弓　馬鹿ッ。やめてよ、こんなとこで。
綱取　喜んで。割引させていただきますよ。ハハハハ。

井上が麦茶を持ってやって来る。

井上　お呼びしました。（奥へ）新井さん、どうぞ。

と校長室から大きめのバッグを持った一人の女が現れる。
正太の母親の新井延子――緊張のためか表情は固い。
化粧気なく髪はボサボサ、センスの悪い洋服を着ている。

内堀　正太くんのお母さんです。
延子　はじめまして、新井延子です。

と軽く一礼する延子。

内堀　こちらが直行くんの、こちらが仁志くんのご両親です。（と紹介）

綱取夫婦、藤枝夫婦も一礼する。

みなみ　この度は何か大変なことで。お察しいたします。
杉山　（延子に）まあ、お掛けになってください。
延子　……（と迷い）どこに。
杉山　えーと、こちらですかね。

と延子を下手の端の席に座らせる。

延子　……。
杉山　みなさんも、そちらとそちらに――。

綱取らは上手のテーブルの席につく。
井上、人々に麦茶を出す。
何となく重い空気――。

杉山　内堀先生、お配りして。
内堀　ハイ。

と人数分の報告書のコピーを保護者たちに配る内堀。

杉山　本日はお忙しいなかお集まりいただきありがとうございます。すでに大まかなことは電話でお話ししましたが、今日はこちらの新井さんのお子さん――6年1組の新井正太くんの――その……

問題をアレするためにお集まりいただいた次第でございます。えー改めまして、わたくしは学年主任の杉山。こちらが生活指導の井上先生——音楽の専任です。

井上　井上です。（と一礼）

杉山　こちらが正太くんの担任の内堀先生です。

内堀　よろしくお願いします。

杉山　えーではさっそくですが、話し合いを始めさせていただきます。今、お配りした報告書は、現在、自宅療養中の正太くん自身の口から内堀・井上両先生が聴取した事項と、同じく両名が直接、この問題には関わっていない6年1組を中心とした傍観者の児童たちから聴取した事項を元に作成した報告書です。——内堀先生、お願いします。

内堀　ハイ。

と人々の前に立つ内堀。

内堀　えー一ページ目ですが、事の起こりは今年の五月七日——春の運動会直後のその日、6年1組の正太くんの上履が紛失するという事件がありました。上履はその後、男子トイレの便器のなかで発見されましたがカッターナイフでズタズタに切り裂かれていました。続いて翌週、正太くんの机からカエルの死体が発見されました。発見したのは当人の正太くんです。詳しい日時は省きますが、その後、週に一回、多い時だと三回くらいの割合で、正太くんの身の回りに不審な事件が多発します。細かくは記載の通りですが、大まかには、正太くんの持ち物の盗難や教科書へのいたずら書き、給食のご飯のなかへの異物の混入、リコーダーの破壊など、さまざまな事件が正太くんの身に起こります。

藤枝　あの、異物と言うのは？
内堀　茶羽（ゴキブリ）――ちゃんです。
人々　（聞いて）……。
内堀　しかし、正太くんはこれらの異変をお母さんや担任のわたしに報告はしていませんでした。すべては、調査の結果、明らかになったことばかりです。そして、二週間前の七月一日の夜、正太くんは学校前の階段から転落し、右足の足首を捻挫するという事件が起こります。正太くん本人は「滑って転んだ」と言ってますが、何者かが関与している可能性があります。
綱取　どういう――？
井上　それは後程。
綱取　……。
内堀　一連の不審な事件も鑑みると、明らかに正太くん以外の第三者が、故意に正太くんをいじめていたと考えられます。
人々　（聞いて）……。
内堀　正太くんは捻挫の後、不登校状態となり、本日で不登校の日数は十一日目になります。後に正太くんから不審な事件のあらましは聞けたものの、誰の手によってそういう事件が引き起こされていたのか――正太くんは明らかにしません。推測に過ぎませんが、これは犯行の主を明かすと報復されると正太くんが思っているか、あるいは、いじめを行った人間から強く口止めされているかのどちらかだと考えられます。
人々　（聞いて）……。
内堀　その後、我々の調査により、浮かび上がったのが同じ6年1組の――綱取直行くんと藤枝仁志くんの両名であります。

人々　（聞いて）……。
内堀　そんな折り、今週の月曜日、正太くんのお母さんが自宅の正太くんの部屋の屑籠からくちゃくちゃに丸めて捨ててあった一枚の紙切れを発見します——あ、これは報告書にはまだ記載しておりません。
人々　（顔を上げる）
内堀　紙切れは正太くんの国語の学習ノートから切り取られたもので、そこには鉛筆書きでしたが、このように書かれていました。（と杉山を見る）
杉山　読んでください。
内堀　ハイ。

人々、内堀に注目する。

内堀　「苦しいよ——空はこんなに青いのに。気がつけば死はぼくのすぐ近く。ぴょこぴょこ」
人々　……。
内堀　えー蛇足ながら最後の「ぴょこぴょこ」は意味不明です。
人々　……。
杉山　井上先生——。
井上　ハイ。これがそれです。

と皺を伸ばした紙切れを出す井上。
井上、人々にその紙を渡す。

それを回覧する人々。

杉山　学校といたしましても、転落による怪我に加えて、このような遺書めいたメモが発見されたとなると、事の重大さを認識せざるを得ません。

人々　（聞いて）……。

杉山　という次第で、この件に関しての対策を検討すべく、本日はこのような会合を持たせていただいた――というわけでございます。

遠くでたどたどしいピアノの練習曲――。

綱取　ひとつ質問させていただいてよろしいでしょうか。

杉山　どうぞ。

綱取　この報告書に書かれている事項は、みな正太くんの口から聴取されたものなわけですよね。

杉山　（内堀に）ですよね。

内堀　基本的には。

綱取　それは事実なんですか。

杉山　とおっしゃいますと？

綱取　ですから、このような事実はあったと正太くん以外の第三者が証明できるわけですか。

杉山　どうなんですか、内堀先生。

内堀　すべてではありませんが、このようなことがあったのは確認できます。

綱取　すべてではないというと確認できないものもあるわけですか。

内堀　はあ。なにせいじめが始まってから二ヶ月余り経ってますから。
綱取　……。
井上　しかし、ズタズタになった靴や壊れたリコーダーなどは確認しています。
綱取　しかし、確認できないものもある。例えば――カエルの死骸の件はどうなんですか。カエルの死骸が正太くんの机のなかにあったのを内堀先生は見たんですか。
内堀　……いいえ。
綱取　じゃあ誰がそこにカエルの死骸があったことを証明できるんですか、正太くん以外に。
井上　同じクラスの児童が目撃してます。同級生の女の子です。「見たらカエルの死骸があるのでびっくりして悲鳴を上げた」と。
綱取　そう言われてもねえ。
井上　……。
綱取　もちろん、ここに書かれた事件のいくつかは目撃者がいて、そういうことがあったと証明できるんでしょう。しかし、すべてではないと言う。てことは、極端に言えばですよ――（と延子を見て）正太くんがまったくの嘘を言っている可能性もあるってことじゃないですか。
延子　そんなことは――。
綱取　まあ、最後まで聞いてください。極端にって言ったじゃないですか。そういう可能性も視野に入れておかないと、わたしたちはとんでもない間違いを犯すことになりませんか。
延子　ですから――。
杉山　まあ、落ち着いてください。冷静に話し合わないと、こういうことは。
延子　……。
井上　正太くんが嘘をついているとしたら、なんでそんな嘘をついている、と？

綱取　例えば――「注目を浴びたい」とか。
延子　そんな――。
綱取　可能性ですよ、可能性の話をしてるんです。
延子　……。

遠くでピアノ――。

藤枝　綱取さんのおっしゃることはわかります。けれど、「いじめがあったかなかったか」というところから話を始めると、話し合いがとても長引きますよ。
綱取　……。
藤枝　どちらにせよ、学校としては、いじめはあったと判断してるってわけですよね。
杉山　現段階ではそうです。
藤枝　お二人の先生も事情聴取のなかで、正太くんにいじめがあったということは確信しておられる？
井上　ハイ。
藤枝　内堀先生も？
内堀　だと思います。
藤枝　綱取さんはいかがですか。
綱取　何がですか。
藤枝　正太くんにいじめはあったと認めますか。
綱取　まあ、全面的に認められない点はありますが、目撃者がいるならある程度のアレはあったと認めざるを得ないでしょうな。
藤枝　わかりました。では、わたしたちは正太くんへのいじめがあったであろうことは認める——この点はよろしいですか。
みなみ　まあ、仕方ないですね。
藤枝　お前もいいんだな。
眞弓　（うなずく）
藤枝　というわけです。
杉山　ありがとうございます。
藤枝　けれど、問題はそれらのいじめを誰が行っていたかという点です。
人々　……。
藤枝　そして、わたしとしての最大の疑問は、それらがなぜうちの子と直行くんが行っていたとみなさんが断定できるのかという点です。
井上　それは——。
藤枝　最後まで聞いてください。
井上　失礼。
藤枝　学校から連絡もらってすぐにわたしは問いただしました、息子に。「そんなことを本当にお前はやっていたのか」と。
人々　……。
藤枝　仁志は「やってない」と言いましたよ。
人々　……。
みなみ　よろしいですか。

杉山　どうぞ。
みなみ　もしも、そういうことが行われていたのなら、それは大変ゆゆしき問題です。ですから、この問題はきちんと追及してほしいと思います。けれど、直行も同様です――「そんなことはしていない」と。
人々　……。
みなみ　やってもいないのにそんなことを言われるのは、とても迷惑ですし、心外です。
延子　……。
みなみ　藤枝さんのご両親も同じだと思いますが、確証のない言い掛かりは断じて受け入れるわけにはまいりません。
人々　……。
みなみ　しかも、そちらの言うことを受け入れるということはですよ、正太くんが階段から落ちた事件にもうちの子が関わってるということを認めるということでしょう。そんな馬鹿な話、とても認められません。
延子　……。
藤枝　まったくその通りです。
眞弓　（うなずく）
延子　本気でおっしゃってるんですか。
みなみ　もちろん本気ですよ。

延子は持ってきたバッグのなかから靴を出す。
ズタズタに切り刻まれた上履――。

そして、それをテーブルの上に置く。

延子　これを見てくださいッ。これは正太の靴ですッ。

みなみ　だから何ですか。

延子　ここに書いてあるじゃないですか——（と報告書をめくり）三ページ目です。ここです、ここにこう書いてありますよ。６年１組の同級生、桜井幹子ちゃんの証言です。「直行くんと仁志くんが学校の裏庭で靴をカッターナイフで切り刻んでいるのを見た」——見たんですよ、幹子ちゃんは！

みなみ　お言葉を返すようですけど、なんでその靴が正太くんの靴だと幹子ちゃんにはわかるんですか。

延子　それは——。

みなみ　正太くんの靴ではなく、別の靴だったかもしれないじゃないですか。

延子　正太以外の誰かの靴をなんで二人は切り刻んでいたんですかッ。

みなみ　子供ですよ、そういう無意味なことをする時もあるでしょう。

眞弓　そうです。意味なくオモチャを壊したりするじゃないですか、子供は。

延子　そんなこと——。

みなみ　あなたも母親ならわかるでしょ、子供が時々あたしたちには理解できない奇妙な行動を取ることを。

眞弓　あたし覚えてます。去年、ヒーくんが羽枕《はねまくら》のなかの羽を全部出しちゃって大変なことがありました。

延子　羽枕とこの問題は違いますッ。

杉山　落ち着いて、落ち着いて話し合いましょう。
延子　これが落ち着いてられますかッ。この人たちは、この人たちはとんでもないでたらめを言って
　責任転嫁して――。
内堀　座りましょう、とりあえず。お願いしますッ。

　　延子、椅子に座る。
　　井上、麦茶を延子に渡す。

延子　（飲んで）……。
藤枝　その子――えーと幹子ちゃんですか、彼女に話を聞いたのは？
内堀　わたしです。
藤枝　幹子ちゃんは「直行くんと仁志くんが靴をカッターナイフで切り刻んでいるのを見た」としか
　言ってないいんですよね。
内堀　はあ。
藤枝　「その靴が正太くんのものだった」とは言っていない？
内堀　ええ。
藤枝　だとしたら、別の靴であった可能性はありますよね。
内堀　……。
延子　（内堀に）何とか言ってくださいッ。
内堀　はあ。

人々、内堀に注目する。

内堀　可能性はあります。

延子　！

藤枝　ということです。

延子　そんな馬鹿なことがありますかッ。

杉山　お願いですから冷静にお願いします。

人々　……。

綱取　まさかとは思いますが、それだけの根拠で直行が犯人だとおっしゃってるわけじゃないでしょうね。（と冷笑する）

杉山　（内堀に）言いなさい。

内堀　はあ。しかし──。

杉山　いいから。

内堀　説得する自信がなくなってきました。

井上　（延子に）例の教科書を──お願いします。

延子、バッグから一冊の教科書を出す。

それを内堀に渡す。

杉山　回すのでご覧になってください。

と教科書を綱取に渡す杉山。
綱取とみなみ、それを見る。

内堀　それは正太くんの使っていた算数の教科書です。見ればわかる通りそこにひどい落書きがあります。読むに耐えない正太くんへの中傷です。

みなみ、藤枝に教科書を回す。
藤枝と眞弓、それを見る。

みなみ　これが何だって言うんですか。
内堀　特徴のある筆跡だと思いませんか。
人々　……。
内堀　報告書の最後のページにコピーしておきましたが、そこに記載したものは、事情を二人に聞いた時に直行くんと仁志くんに特別に書いてもらったものです。

それを見る人々。

内堀　見ればおわかりの通り、仁志くんの方は普通ですが、直行くんの書く「死」という字は——。

とホワイトボードに「死ねっ」という字を書く。
特徴のある「死ねっ」という文字。

内堀　このように非常に特徴的です。
人々　……。
内堀　以上です。

と席に戻る内堀。

藤枝　だから何なんですかッ。
みなみ　まさか先生は、だから直行がこれを書いたと言うつもりですか。
延子　立派な証拠じゃないですかッ。こんな字を書く子が他にどこにいますッ。

内堀、あわてて字を消す。
綱取、おもむろに立ち上がる。
そして、マーカーペンを取りホワイトボードに同じような特徴的な「死ねっ」という文字を書く。

綱取　喧嘩を売るつもりはないですが、綱取孝一、四十歳、わたしの字です。カルテもこれで書いてます。
人々　……。
綱取　つまり、正太くんをいじめてたのはわたしですか。ハハハハ。
内堀　……。
綱取　まったく薄弱過ぎる証拠と言わざるを得ませんな。

内堀　……ですよね。ハハハハ。

と笑って意気消沈する内堀。

延子　（頭を抱えて）……。
井上　大丈夫ですか。
延子　（うなずく）
みなみ　それに証拠もないのにうちの子を犯人扱いして字を書かせるなんて、とんでもないことです。これは立派な人権侵害です。ＰＴＡの会議にかけさせてもらいますからそのおつもりで。
藤枝　まったくです。
杉山　……困りましたなあ。

遠くでピアノ曲――。

延子　みなさん、いったいどういうおつもりですか。
綱取　何がですか。
延子　なんで素直に認めてくださらないんですか。
藤枝　素直にって――言われてもねえ。
延子　直行くんは来年はどちらに進学されるんですか。
みなみ　え？
延子　私立《わたくしりつ》中学を受験されるんでしょ。

みなみ　だったら何ですか。
延子　今、そんなことが明らかになると息子さんの中学受験に差し障りがありますか。
みなみ　別に――。
延子　奥さんはＰＴＡの副会長をなさってるんですよね。
みなみ　ええ。
延子　息子さんが悪質ないじめに関わっていたとなると、ＰＴＡどころじゃないですか。
みなみ　ホホホホ。ゲスの勘ぐりはやめなさい。
延子　藤枝さん。
藤枝　何ですか。
延子　藤枝さんは毎週ＮＨＫの教育番組に出てらっしゃいますよね。
藤枝　だから何です。
延子　困りますか、自分の息子が学校で問題を起こすと?
眞弓　失礼なこと言うのやめてくださいッ。
延子　じゃあなんで認めてくださらないんですかッ。
綱取　さっき言った通りです。証拠が薄弱だからです。
藤枝　その通りです。そんな曖昧な証拠で息子を犯人扱いされちゃ困ると言ってるだけです。
延子　こんな馬鹿な話がありますかッ。あなたたちの出方次第じゃ教育委員会に連絡することだって
　できるんですよッ。
みなみ　ハハハハ。どうぞ何でもしてください。けれど、教育委員会の教育長は主人の大学の同級生
　だってことを忘れないでくださいね。
延子　……。

遠くでピアノ曲――。

井上　杉山先生、ちょっとよろしいですか。

と杉山を呼ぶ井上。
二人、舞台の隅で内緒話をする。

綱取　何ですか、いったい。
藤枝　作戦会議も必要でしょう、試合に勝利するためには。ハハ。

杉山、人々に向き直る。

杉山　どうも失礼しました。
井上　えーみなさんを説得するために一人証人を呼びたいと考えているんですが、構いませんか？
みなみ　証人？
井上　ハイ。
眞弓　誰を呼ぶんですか。
井上　目撃者です、その――正太くんが転落した時の。
人々　……。
杉山　あー気を悪くされるなら呼びません。しかし、確実な証言を聞いていただき、みなさんが同じように事態を把握してもらわないと、話が前に進みませんので。

人々　……。

杉山　もちろん、わたしもみなさんのお気持ちも察します。わたしにも中学二年の娘がいます。だからみなさんがお子さんのことを守りたいお気持ちはよーくわかるつもりです。しかし、正太くんのお母さんの立場で考えると、まずは正確な事実を認識していただかないとアレですから。

眞弓　あたしは反対です。なんでそんなことする必要があるんですかッ。

井上　直行くんと仁志くんが正太くんをいじめていたということをみなさんに理解してもらうためです。

藤枝　わたしもコイツに同感ですね。子供の言うことは当てにはならない。

井上　子供じゃありません。

眞弓　え？

井上　目撃者はれっきとした大人です。

眞弓　誰なんですか。

井上　当校用務員の福田さんです。

綱取　ここ（報告書）にそんな人のことは書いてありませんが。

井上　目撃証人が現れたのがつい先日のことでして。

綱取　……。

井上　お呼びしていいですか。

綱取　何を見たのかは知らないが——否定する理由はありませんな。

井上　ありがとうございますッ。じゃ呼んで参りますッ。

と会議室から出て行く井上。

遠くでピアノの練習曲――。

綱取　ちょっと休憩していいですか。

杉山　そうですね。少し休憩にしますか。

延子以外の人々、椅子から離れる。

内堀　すいません、お役に立てなくて。

延子　いいえ。――すいません、ちょっとトイレへ。

と会議室から出て行く延子。

綱取　ここは禁煙ですか。

杉山　すいません。そちらから外へ行けますから。

綱取、入り口から去る。

みなみ　ではあたしも。

とみなみも入り口から去る。

内堀、隣室へ去る。
遠くからピアノの練習曲――。

藤枝　何でしたっけ？
杉山　ハイ？
藤枝　これ――。（とピアノの曲の聞こえる方を示す）
杉山　……さあ。
藤枝　誰が弾いてるんですか。
杉山　たぶん児童かと。
藤枝　ふーん。

遠くからピアノ曲――。

藤枝　どーでもいいけど下手くそだな。（と苦笑）

内堀、隣室から麦茶の入れ物を持ってきて、人々のコップに注ぎ足す。
眞弓は延子のバッグを見ている。

内堀　何か――。
眞弓　ここから出てきたんですよね、証拠品が。ほら、さっき靴とか教科書とか。
内堀　そうですね。

眞弓　他にも何か入ってるのかしら。（と中身を見ようとする）
内堀　まずいですよ、それは。
眞弓　いない間に捨てちゃいましょうか。
内堀　馬鹿言わないでください。

眞弓、延子のバッグの中から壊れたリコーダーを出す。

眞弓　リコーダー……。

続いて出てきたのはサッカーボール。

眞弓　何これ。
内堀　やめてくださいッ。
眞弓　……キャッ。
藤枝　どした？
眞弓　何か血みたいなものが――。

と元に戻す眞弓。

藤枝　ちょっとした呪いのバッグだな。ハハ。
眞弓　……しかし、可哀相ですよね。

内堀　誰がですか。
眞弓　あの人――。（と延子の方を示す）
内堀　はあ。
眞弓　旦那さんがダマされてお金取られて失踪しちゃって、女手ひとつで正太くん育てて――生活保護受けながらお弁当屋さんのパートしてるんでしょ。
内堀　ええ、そうみたいですけど。
眞弓　あたしならとても耐えられない。
内堀　……。

杉山はソファで報告書を読んでいる。

藤枝　しかし、校長も大変ですよね。
杉山　ハイ？
藤枝　聞きましたよ、直行くんのお母さんから。
杉山　何を――。
藤枝　クレームです。面白いからメモしちゃいましたよ。

藤枝、手帳を出して読む。

藤枝　「禁止してる携帯の料金は学校が支払えッ」――「わが子の箸の使い方を学校で指導せよ」――「子供が学校の窓を割ったのは石がある方が悪い」。

杉山　はあ。
藤枝　こんな馬鹿な親ばかりじゃ鬱病にもなりますよね。
杉山　……。
藤枝　ま、わたしたちもその仲間ってとこでしょうけど。ハハハハ。
杉山　はあ。
藤枝　熱心ですね。
杉山　ハイ。
藤枝　ミニーちゃんでしたっけ、井上先生。
杉山　ああ――。
藤枝　頼りにならないウッチーとは大違いだ。ハハ。
内堀　すいません。
藤枝　まだ若いですよね。
杉山　ここに転勤されて一年目です。
藤枝　ほう。
杉山　いじめられてたらしいですよ。
藤枝　誰が。
杉山　彼女自身が昔――。
藤枝　へえ。
杉山　だから他人事《ひとごと》じゃないのかもしれません。
藤枝　……。

とノックの音。

佐藤が入ってくる。

佐藤　失礼します。すいません、会議中に。よろしいですか。
杉山　どうかしましたか。
佐藤　はあ。その、あっちのガキが――いや、子供たちが「早く帰りたい」と言い出しまして。
杉山　そうですか。
佐藤　どうしましょうか。
杉山　ふーむ。
佐藤　まだ終わりませんよね、こっち。
眞弓　あたし、行きましょうか。

と行こうとする眞弓。

杉山　待ってください。話が終わるまで、ここでお願いします。
眞弓　いいじゃないですか、休憩時間ですし。
杉山　後でお願いします。会議も間もなく再開されますし。
眞弓　不安なんだと思います、あの子。わけがわからず学校に居残りさせられて。
藤枝　わがまま言って先生を困らせるなよ。
眞弓　けど――。
藤枝　仕方ないだろう。容疑者への面会には制約があるもんだ。

眞弓　……。

そこへ延子、綱取、みなみが戻ってくる。

みなみ　どうかしましたか。
杉山　何でもありません。
佐藤　いいんですか、このままで。
杉山　あんまり手に余るようなら、そっちの校長室に連れてきてください。
佐藤　わかりました。
杉山　けれど、こっちには入れないでください。
佐藤　ハイ。じゃあ——。
眞弓　あ、ちょっとッ。
佐藤　何ですか。
眞弓　これ渡してもらっていいですか。

とゲーム（DS）の機器を出す眞弓。

佐藤　いいんですか。
杉山　ま、本来は禁止だが今日は仕方ないか。
眞弓　よろしくお願いします。

佐藤、ゲームを邪険に受け取る。
そして、一礼して会議室から出て行く。

眞弓　何か怖い、あの人（佐藤）……。

入れ違いに井上が来る。

井上　すいません、時間がかかって。お連れしましたッ。
杉山　みなさん、お座りください。

人々、元の席に座る。
内堀、新しい椅子をひとつ用意する。
どこに置くか迷い、最終的に「コ」の字に並んだテーブルの真ん中に椅子を置く。

井上　お呼びします。（出入り口に）どうぞ、福田さん。

と福田が出てくる。
天然パーマのオドオドした感じの気の弱そうな男。

内堀　どうぞ、こちらに。

と椅子＝証言席に福田を誘導する。
福田、立ち止まりホワイトボードを見る。
そこに「死ねっ」と書かれている。

福田　！（とショック）

そして、杉山たちを見て自分を指差す。

杉山　（うなずく）
井上　（うなずく）
内堀　（うなずく）
福田　……ひどいッ。

と踵を返して出て行こうとする福田。
それを止める杉山たち。

井上　ままま待ってくださいッ。
福田　ひどいじゃないですかッ。いきなり「死ねっ」だなんてッ。
内堀　あ――これは、違いますッ。あなたのことじゃありませんッ。
福田　え？
杉山　関係ないんです、これは、あなたとは。（内堀に）早く消して、ほらッ。

内堀、慌てて文字を消す。

福田　……。
井上　お願いします。座ってください。

と福田を椅子に座らせる井上。

井上　ご紹介します。正太くんのお母さん、直行くんと仁志くんのご両親です。
延子　その節はどうもありがとうございました。
福田　いえ、とんでもない。
井上　じゃあお願いします。
福田　何を。
井上　あなたが昨日、わたしにしゃべってくれたことをもう一度ここで。
福田　……。
井上　二週間前――七月一日の夜、学校であなたが見たことをしゃべってください。

綱取、みなみ、藤枝、眞弓らは福田を注視する。

福田　あの。
井上　ハイ。

福田　この席のことなんですけど。
井上　席が何か？
福田　移ってもいいですか。
井上　なんでですか。
福田　ものすごいプレッシャーを感じる位置にあるように思えるんで。
井上　ああ——わかりました。

と証言席の位置を変えて人々から距離を作る井上。
そこに座り直す福田。

井上　これでいいですか。
福田　一応。
みなみ　話をお聞きする前にひとつ。
福田　ハイ？
みなみ　あなたの証言次第で、わたしたちの息子の未来が決まるということを忘れないでください。
井上　失礼ですけど、そういう言い方はどうかと思いますが。
みなみ　……。
藤枝　ちょっとした検事気取りだな。ふふ。
井上　何か？
藤枝　いえ、すいませーん。
延子　あたしも同様です。福田さんの証言次第で正太の未来は決まるんです。

福田　……。

人々、福田に注目する。

福田　何か参ったな。ハハ。
井上　真実を話してください。
福田　はあ。
延子　福田さん、お願いしますッ。
福田　えーと、七月一日のことをしゃべればいいんですよね。
井上　そうです。
福田　その日は水曜日——雨でした。朝起きたのは確か六時くらいでしたか。起きてすぐテレビをつけましたよ。「めざましテレビ」見るのが習慣になってまして。あれ、いい番組ですよね。ハハ。
井上　あなたの一日全部を語らなくていいです。肝心なところだけを。
福田　はあ。
井上　夜です、夜のことを話してください。
福田　午後七時半くらいでしたか。忘れてた一年生の教室の前の掲示板の修理を、あー壊したらしいんですよ、誰かが——その修理を終えてわたしは用務員室に帰ろうと下駄箱のあたりを通りかかったんですよ、一階の。そしたら、外で笑い声がしたんです、男の子の。何だろうなあって思って外へ出て、校門に続く階段ンとこ——一階の南側のです——そこへ行くと傘をさした男の子がいるのが見えたんです、二人。下校時刻はとっくに過ぎてたんで、わたしはその子たちに「何してるんだッ」って言いましたよ。二人の男の子は振り返ってわたしを見ると、何も言わずそのまま逃げるように行っちゃいまして。何かヘンだなあって思って階段の方に行くと、下にうずくまっている男の子がいるじゃないですか。びしょ濡れですよ。びっくりしてわたしは、下へ行ってその子をアレしましたよ。その子、足をくじいているみたいで「痛いッ痛いッ」って。わたしは男の子に肩貸してやって、とりあえず用務員室へ行きました。で、そこで応急の手当てを。湿布とかそんなもんしかなかったですけど。で、その後、正太くんですか——その子のお母さん——そこにいる人です（と延子を示す）この人に電話して、引き取ってもらったってとこですか。まあ、だいたいこんなとこですかね。

井上　そこにいた二人の男の子の顔を覚えてますよね。

福田　ええ。

井上、自分のファイルから写真を取り出す。

井上　これは運動会の時に撮った6年1組のスナップ写真です。

と人々に写真を見せて、

井上　この写真のなかにその子がいますか。

と一枚の写真を福田に渡す井上。

福田、写真を見る。

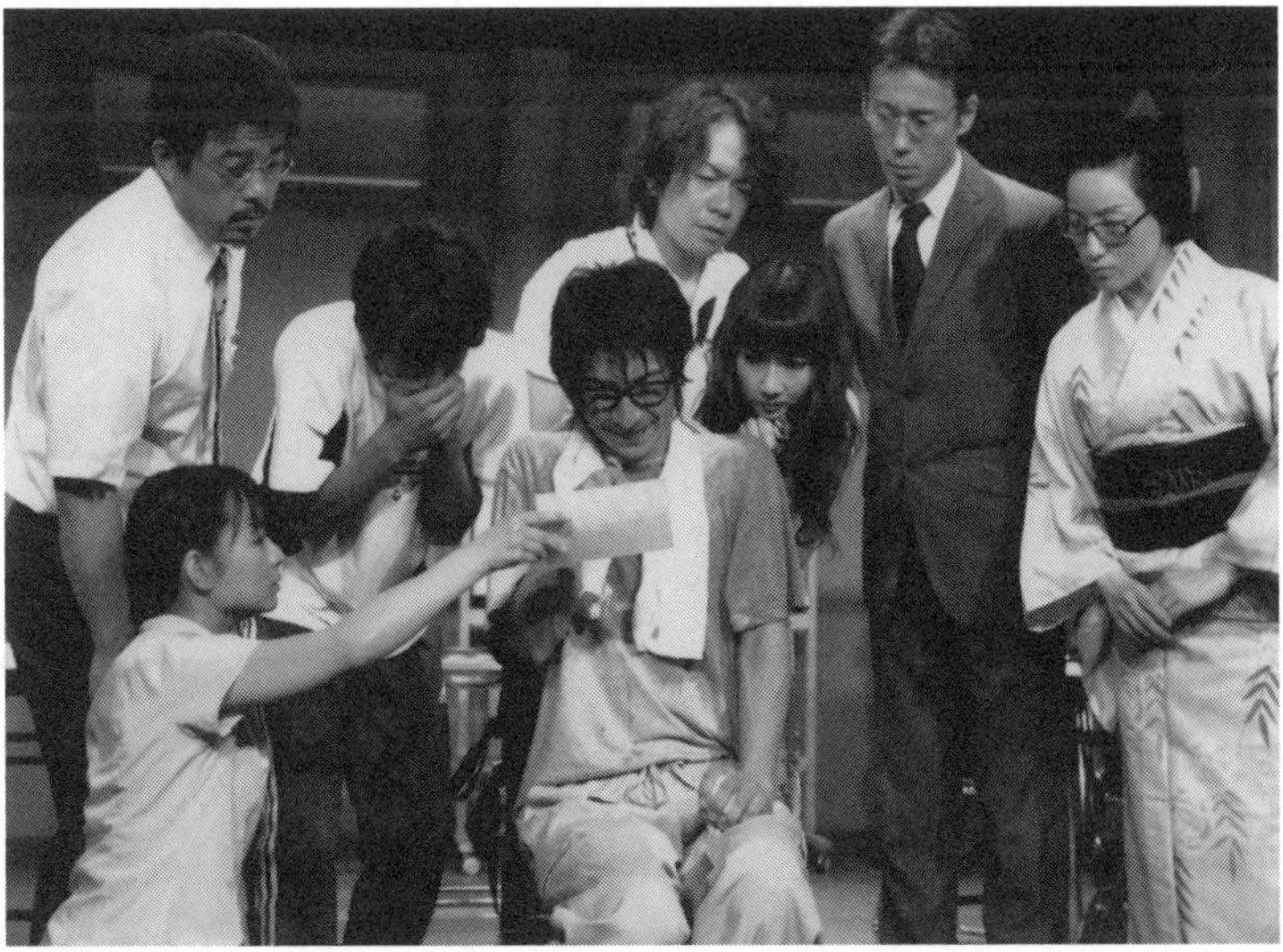

福田　います。
井上　指さしてください。

人々、福田の周りにドドドッと集まる。

井上　お願いします。
福田　耳に誰かの息が。弱いんですよ、わたし。
井上　何ですかッ。
福田　……ふふふふ。

人々、福田の持った写真を凝視する。

福田　この子と……この子です。（と写真を示す）
人々　……。
井上　（写真を掲げて）おわかりでしょう。二人は他ならぬ綱取直行くんと藤枝仁志くんですッ。

人々、バラバラと自分の席に戻る。

井上　これで納得していただけましたか。
人々　……。
内堀　いやあ、井上先生、お見事でしたッ。なんか検事さんみたいでしたよ。

井上　そんな。
延子　ありがとうございますッ。

と福田の手を握る延子。

福田　そんな。じゃあ、わたしはこれで。

と出て行こうとする福田。

綱取　待ってください。
福田　（止まり）……。
綱取　まだ話は終わってません。
杉山　お手数ですが、お願いします。

と福田を椅子に座らせる杉山。

綱取　ちょっと失礼。

と井上から写真を取る綱取。

綱取　（内堀に）何人ですか、6年1組は？

内堀　ハイ？
綱取　人数です、6年1組の。
内堀　三十六人です。
綱取　そのうち男子児童は何人ですか。
内堀　二十人です。
綱取　ここ（写真）にも複数の男子が写っている。
内堀　ええ。
綱取　複数いる児童のなかからなんであなたは特定の二人をきちんと指摘できるんですか。

と福田に言う綱取。

福田　なんでって――あの時の子供がそこに写ってるからですよ。
綱取　あなたが二人の男子児童を目撃したのは七時半頃って言いませんでしたか。
福田　言いましたよ。
綱取　七時半はずいぶん暗いんじゃないですかね。しかも、その日は雨だった。
福田　……。
綱取　そんな暗がりで見た人間をどうしてきちんと特定できるんですか。
福田　どうしてって――知らない顔じゃなかったから。
綱取　知らない顔じゃない？
福田　いつだったか忘れたけど、学校で見た顔だったから。
綱取　どこで見たんですか。

福田　裏の塀の上に上って遊んでたんで注意したことがあるんです。「危ないからやめなさい」って。三人で遊んでました。
綱取　三人というのは正太くんとさっきの写真の二人。
福田　ええ。
綱取　じゃあ別の質問を。ちょっと実験していいですか。
井上　何をするつもりですか。
綱取　その時の状況を再現したいんです。
井上　そんな必要があるんですか。
綱取　ちょっと腑に落ちない点があるんでね。
杉山　……手短に頼みます。
綱取　ありがとう。（眞弓に）ちょっと傘を借ります。

と眞弓から傘をもらう綱取。
そして、傘を開く。

綱取　二人の男の子は傘をさしてたって言いましたよね。
福田　ええ。
綱取　あなたと少年たちまでの距離は？
福田　さあ——三メートルくらいかな。

福田から三メートル離れる綱取。

綱取　このくらいですよね。
福田　まあ。
綱取　で、あなたは少年の背後から声をかけた。何でしたっけ。
福田　「何してるんだッ」――。
綱取　少年二人は振り返る――。

と傘をさしたまま振り返る綱取。

綱取　この時、あなたは少年の顔を見た。
福田　そうです。
綱取　けどおかしくないですか。雨の日の午後七時半、しかも顔は傘の下です。電灯が上にあったとしても確認できないんじゃないかなあ。
福田　そんなことは――。
綱取　絶対ないですか。
福田　……。
綱取　ほんとは違う顔だったかもしれないのに、前に二人がいっしょにいた時のことと関連づけて、つい二人が以前、正太くんといっしょにいたあの二人だったと解釈してしまったんじゃないですか。
福田　……。
延子　福田さん――。
綱取　どうですか。

福田　わかりませんよッ。確かに暗かったし、もう二週間も前のことですし。
綱取　ありがとうございました。

みなみと眞弓は小さく拍手する。
延子、立ち上がる。

延子　そんなのこじつけですッ。見たんでしょ、見たのになんでそれが証拠にならないんですかッ。
　福田さん、ちゃんと言ってくださいッ。

と福田に手をかけて揺する延子。

延子　この子たちじゃないなら誰が——いったい誰が正太を階段から突き落としたんですかッ。
杉山　お願いします。落ち着きましょう、ね。
延子　……。
藤枝　こういう可能性もあるんじゃないですか。

人々、藤枝に注目する。

藤枝　あなたは二人の少年が正太くんを突き落とす瞬間を見てるわけじゃないですよね。見たのは二
　人がその現場にいたというだけ——。
福田　まあ——。

藤枝　「笑い声が聞こえ、そこに行ったら二人の少年がいた」——そうおっしゃいましたよね。
福田　そうですよ。
藤枝　しかし、本当は笑い声も聞こえず、そこには誰もいなかったら？
内堀　誰もいなかった？
井上　どういうことですか。
藤枝　嘘をついているということです、この人は。

どよめく人々。

福田　……。
井上　何を根拠にそんなことを。
藤枝　根拠は——この人の顔です。
杉山　顔？
藤枝　ええ。この顔はどう見ても普通の用務員の顔じゃない。

あっけにとられる人々。

井上　ハハハハハ。

と笑い出す井上。
その笑いが人々に感染していく。

人々　ハハハハ。
福田　……ハハハハ。

大笑いする人々。

福田　待ってくださいよッ。いくら何でもそれはひどいんじゃないですか。
藤枝　その日、あなたは一年生の教室で以前から思いを寄せている女子児童の体操着を盗もうと目論んでいた。
福田　目論んでません。
藤枝　誰もいない教室に侵入したあなたは体操着を手に入れる。
福田　入れてません。
藤枝　体操着を片手に喜び勇んで廊下を急ぐあなた。
福田　急いでません。
藤枝　と正太くんがいる。「さようなら」と正太くんはその場を去る。不安にかられるあなた。「もしかして今の子供に自分の犯行を見られたかもしれないいッ」あわてたあなたは、階段付近で正太くんを待ち伏せする。そして——ドーン。

と架空の正太を突き飛ばす藤枝。

福田　ハハハハ。そんな馬鹿な。

人々は黙っている。

福田　なんでみなさん黙ってるんですかッ。

杉山　……。

福田　杉山先生、何とか言ってくださいよッ。

杉山　いや、申し訳ない。しかし、ありそうな気が一瞬してしまって。

福田　やめてくださいよ、そんなッ。

藤枝　失礼なことを言って申し訳ありません。けれど、わたしが言いたいのは、可能性はいく通りもあるってことです。

眞弓と握手する藤枝。
ピアノの練習曲——。

福田　……あの、わたしはどうすればいいんでしょうか。

綱取　もうお引き取り願っていいんじゃないですか。

福田　じゃあ——。

と立って行こうとする福田。

井上　待ってくださいッ。

福田　……ハイ？
井上　いいえ、結構です。ありがとうございました。
福田　すいません。

と延子に言い、その場を去る福田。
ピアノの練習曲――。

延子　子供を見るとその子の親がよくわかるって言いますよね。
人々　……。
延子　あなたたちを見てるとよーくわかります。
人々　……。
延子　なんであの子たちがそういうことをする子になったのかが。
みなみ　（立とうとする）
綱取　（それを制して）ふふ。まあ、何とでも言いなさい。
眞弓　もう話は終わりでしょうか。
杉山　はあ。
眞弓　終わりならあたし失礼させていただきますけど。
井上　いいえ、もう少しお願いします。

「やれやれ」という顔をする眞弓。

井上　みなさんは、みなさんは――このことをどうお考えですか。

と正太の部屋で発見された遺書らしき紙を出す井上。

井上　これを見ても、このままでいいとおっしゃるんですかッ。

黙っている人々。

井上　何とか言ってくださいッ。最悪の事態をみなさんは手をこまねいて待ってろとおっしゃるんですかッ。
杉山　声が大きいですよ、井上先生。
井上　……けど。
藤枝　あなたの気持ちもわからないではない。けれど、これは昔あなたをいじめた犯人を探すための話し合いじゃないんだ。
井上　……。
藤枝　それに――。

と井上から紙を取る藤枝。

藤枝　この遺書めいた文章の一番最後の部分――気になりませんか。「ぴょこぴょこ」という部分。この「ぴょこぴょこ」が意味するところをちゃんと考えるべきです。

井上　どういう――。
藤枝　確かに一見深刻な文章です。遺書のようにも読めなくはない。けれど一番最後に「ぴょこぴょこ」という意味不明のコトバ。
井上　それが何だって言うんですか。
藤枝　思うにこれはいわゆる「なーんちゃって」というような意味を持つコトバなのではないかというのがわたしの見解です。
井上　……。
藤枝　「苦しいよ――空はこんなに青いのに。気がつけば死はぼくのすぐ近く」――なーんちゃってッ。ハハハハ。

とおどけて見せる藤枝。

井上　（あきれて）……。
藤枝　飛躍しすぎですかね。
内堀　いえ、面白い解釈だと思います。
井上　不謹慎なことを言うのはやめてくださいッ。
綱取　けど真相は誰にもわからない、正太くんが話さない限りは。
井上　……。
延子　もういいです。

人々、延子に注目する。

延子　この人たちに何を言っても無駄です。

黙っている人々。

と隣室の校長室から佐藤の愛想のいい声が聞こえる。

佐藤（声）　ほら、ソファで飛び跳ねないでねぇッ。ちゃんとしてなさーいッ。……いたずらすると
お姉さん怒っちゃうぞッ。ふふ。じゃここでオトナしく待っててねッ。すぐ戻るからッ。

人々　（隣室を見る）

と隣室から佐藤がやって来る。

佐藤　（愛想なく）失礼します。

杉山　何ですか。

佐藤　ガタガタ言うんで隣に移動させました、二人のガキ――いえ、お子さんを。

杉山　……そう。

佐藤　何か？

杉山　どーでもいいけど、ずいぶんあっち（子供の対応）とこっちじゃギャップがあるなと思いま
して。

佐藤　使い分けてないと神経が保《も》たないもんで。

杉山　そうですか。ハハ。

佐藤　まだしばらくかかりそうですか。
杉山　まあ——何と言うか。

と人々を見る杉山。

みなみ　いえ、もう終わりでしょう。
延子　……。
みなみ　まともな議論ならいくらでも付き合いますけど、どうもそちらは感情的にしかものを言えないみたいだし。
延子　どっちが——。（と立とうとする）
井上　（それを制する）
みなみ　これ以上話し合いをしても発展的な話になりそうもないですし。
延子　……。
みなみ　いかがですか、みなさん。
藤枝　そうですね。女房もアレなんで、もうそろそろ——。
綱取　そのようですな。
眞弓　ごめんなさい。あたし、ちょっと疲れました。
井上　ちょっと待ってくださいッ。これじゃ何の解決策にもならないじゃないですか。
みなみ　解決策は別の方と相談した方がいいんじゃありませんか。
井上　……。
みなみ　けれど話し合いをもった意味はじゅうぶんありましたわよ。うちの子が濡れ衣を着せられたってことはハッキリしたんですから。

ピアノの練習曲――。

井上　内堀先生も何か言ってくださいよッ。
内堀　いや、もちろん、このままでは何の解決にもならないわけですけど、こちらのご両親の言い分にも一理あると言いますか、盗人《ぬすっと》にも三分の理というか――あ、そういう意味ではなくてですね、えーと……。
井上　もういいですッ。杉山先生ッ。
杉山　ふーむ。
井上　唸ってないで何とか言ってくださいッ。この学校の生徒なんですよ、いじめにあってるのはッ。
杉山　わたしとしては、みなさんのご意見を踏まえて、もう一度、調査をやり直して、再度こういう場を設けるしかない――ということでしょうかね。
井上　けど――。
みなみ　井上先生。
井上　何ですか。
みなみ　杉山先生をそんなに困らせるのはよくないですよ。
井上　……。
みなみ　あなたがこの問題をきちんとしたい気持ちはわかります。けどね、あなたのやろうとしてることは同僚のみなさんを困らせるだけじゃない――この青空第二小学校のタメにもならないってことがわかってらっしゃるのかしら？

井上　どういう意味ですか。
みなみ　あなたはたぶんあたしたちがとんでもない屁理屈で言い逃れをしてると思ってることでしょう。
井上　……。
みなみ　確かにそう思われても仕方ありません。
井上　……。
みなみ　でも、あたしたちが子供可愛さ余りの親馬鹿だけで、こんなことをしてると思わないでください。
井上　……。
みなみ　あたしはこの学校の卒業生でね――たくさんの思い出がここにはあります。
井上　……。
みなみ　見て、あれ。

と舞台前面の窓から外を見るみなみ。

みなみ　あの桜の樹はね、あたしたちが寄贈したのよ。
人々　……。
みなみ　あたしがここを卒業した頃はまだなくてね。
人々　……。
みなみ　卒業式もとっても寂しかった。
人々　……。
みなみ　少子化で子供がいないこのご時世――来年の新一年生が一クラスを割ったら、この学校は隣町の滝野上小学校に吸収されるのをご存じ？

井上　……。

みなみ　まあ、知らないわけないわよね。今年の一年生はギリギリ二クラス——みなさんおおっぴらには言わないでしょうけど、たぶん「来年は危《やば》い」という話が先生の間でもされてるはずですから。

井上　……。

みなみ　学校選択制度ができてから、今は公立学校も人気商売なのよ。

井上　……。

みなみ　あたしが何を言いたいかわかるでしょ。

井上　……。

みなみ　あなたの正義感も大切かもしれないけど、今、もし変な噂が広まれば、この学校への進級率に影響するのは目に見えてます。

井上　……。

みなみ　下手すれば廃校になる可能性も。

井上　……。

みなみ　そして無人の青空小学校は見知らぬ人様の手に渡るか、取り壊されるか——。

井上　だからってこの問題をうやむやにしていいことにはならないと思います。

みなみ　そんなにたいした問題？　——小学六年生の男の子がちょっと躓《つまず》いて足を挫《くじ》いたことが。

延子　（顔を上げて）……。

ピアノ曲は消えている——。

みなみ　ごめんなさい、お母さんの前で。言いすぎよね。
延子　……。
みなみ　けど亡くなったわけじゃない。
人々　……。
みなみ　もちろんいじめはよくないわ。けれど、燻《くすぶ》ってる火にフーフー息を吹き掛けてわざわざ大火事にすることもないでしょう。
井上　……。
みなみ　そんなことしたら結局、それはみんなが損をすることになるだけなのよ。
井上　……。
みなみ　それじゃ納得できませんか。
井上　……。
みなみ　どう？
井上　返答するのはあたしじゃありません。

と延子を見る井上。

延子　……。
みなみ　もちろんこれで終わりにするつもりはありません。
井上　え？
みなみ　あたしたちは子供たちの否を認めません。けれど怪我をした正太くんには心からお見舞い申し上げます。あなた――。（と綱取を見る）

と綱取、封筒を出して延子の前に置く。

延子　何ですか、これは。

みなみ　あたしたちから正太くんへのお見舞いです。

杉山、内堀、井上は絶句する。

黙っている綱取、藤枝、眞弓——。

井上　初めから——。

みなみ　どう思ってくだすっても結構です。けれど、これがいじめの容疑をかけられた二人の子供の親たちの総意です。

延子　……。

みなみ　お願いします、あの子たちの将来に傷をつけないでください。

延子　……。

みなみ　受け取ってくださるかしら？

延子、封筒に手を伸ばす。

人々、それを見ている。

延子　……ハハハハ。

と笑い出す延子。

人々　……。

延子、いきなりその封筒を床に叩き付ける。

延子　ざけんじゃねえッ！
人々　（びっくりして）……。
延子　口で言ってもわかってもらえないなら——残された道はただひとつです。
人々　……。
延子　こうすればあなたたちにもわかってもらえるでしょう。
杉山　何を——。
延子　いじめられた子供を持つ親の気持ちが。

延子、ガバッと立ち上がり、バッグを持って校長室に走り込む。
ハッとする人々。
杉山、すぐにそれを追う。
ドアが閉まる音。

杉山（声）　お母さん、お母さんッ。開けて、開けてくださいッ。

とドアを叩く杉山。
綱取と藤枝も校長室の入り口に向かう。
杉山、戻ってきて内堀に言う。

杉山　あっちから行けッ。

内堀、会議室の入り口から隣へ去る。

綱取（声）　おいッ何してるんだッ。
藤枝（声）　冗談はやめなさいッ。奥さん！

とドアを叩く綱取ら。

杉山　……。

内堀、戻ってくる。

内堀　だめです、あっちも。鍵がかかって――。

眞弓、立ち上がって貧血で倒れる。

杉山　あーッ。おおお奥さん！

とそれを介抱する杉山、井上。

井上　藤枝さん、奥様が奥様がッ――。

藤枝、戻ってくる。

そして、眞弓をソファに運ぶ。

綱取　（戻ってきて）かかか鍵はどこですかッ。

杉山　内堀先生、福田さん呼んでッ。福田さんッ。

内堀　ハ、ハイッ。

とその場から走り去る内堀。

みなみ、校長室の入り口へ行く。

みなみ　（声）　新井さん、馬鹿な真似はやめなさいッ。出てきてすぐにッ。新井さんッ。

しかし、返事はない。

なす術のない人々。

と校長室の入り口の手前にある窓のカーテンがサッと開く。

人々　！

とそこに延子がいるのが見える。

手にカッターナイフを持っている。

延子　（窓を開け）しばらくお子さんたちをお預かりしますッ。

杉山　お願いですから冷静にッ。

井上　お母さん、馬鹿なことはやめてくださいッ。

延子　黙ってッ！

黙る人々。

延子　あたしがいいと言うまで、こっちには来ないでくださいッ。

と窓が閉まり、カーテンが引かれて延子は消える。

杉山　なんてことだ……。

呆然と立ち尽くす人々。

2〜説得

ドアを開けようとする綱取。

井上、藤枝は倒れた眞弓の介抱。

杉山はドア付近に行き綱取に加わり「開けなさいッ」などと説得。

佐藤、落ちていた封筒を拾いみなみに手渡す。

みなみ　（受け取って）……。

しばらく言及しなかったが、冒頭に登場した岡林は相変わらず舞台の隅の椅子に座ってオロオロしている。

しかし、誰も岡林は眼中にない。

岡林、佐藤の指示で机の位置を隅に並べ直す。

杉山、綱取が戻ってくる。

藤枝　何を持ってましたか。
杉山　ハイ？
藤枝　武器ですよ、あの女が持ってた。
杉山　ハッキリとは――。

佐藤　カッターナイフです。
藤枝　校長室になんでそんなもんがあるんですかッ。
杉山　校長もカッターナイフくらいは使います。
藤枝　……。
綱取　こんな馬鹿なことが――。

と内堀と福田がやって来る。

内堀　連れてきましたッ。
杉山　あー福田さん。鍵は、鍵ッ鍵ッ鍵ッ。
福田　何のですか。
杉山　こことあっちのだよッ。校長室のドアの鍵はッ。
福田　……ありません。
杉山　何?
福田　校長室のドアの鍵は廃棄しました。
杉山　廃棄ッ。ななななんでだッ。
福田　校長の意向ですよ。「何事もオープンにしたい」っておっしゃって――だからいつも校長室は施錠《せじょう》しません。
杉山　施錠されてるじゃないか、現にこうしてッ。
福田　室内からは掛かります。けど外からは開けることはできません。
杉山　……。

内堀、携帯電話を出す。

内堀　警察に――。
杉山　いやだめだ。もう少し待てッ。
内堀　けど、万が一――。
杉山　いいか、よく聞け。今、警察が出動する事態を招いたらどうなると思う？
内堀　……。
杉山　事は公になる。マスコミが嗅ぎつけて大騒ぎになるぞ。
内堀　……。
杉山　まだ何かしたというわけじゃない。説得の余地はまだある。
内堀　（うなずく）

杉山、人々に言う。

杉山　みなさん、大変なことになり申し訳ありません。まずは落ち着いて――落ち着いて行動してください。

佐藤から事情を聞いた福田。

福田　まじっすかッ。正太くんのお母さんが！　マジっすかッ。

杉山　静かにしろッ。
福田　……すいません。
杉山　警察には現段階では通報をしません。事が大袈裟になるだけだと思うからです。
人々　……。
杉山　幸いこのことはまだわたしたち以外、外部に漏れていません。わたしたちが冷静に行動すれば、大事に至らずにすみます。
人々　……。
杉山　よろしいですか。

綱取、みなみを椅子に座らせる。

杉山　（眞弓に）奥さんは大丈夫ですか。
井上　大丈夫みたいです。軽い貧血だと。
杉山　わかりました。

黙る人々。

眞弓　あの人――何をするつもりなの。
藤枝　さあ、な。
みなみ　たぶん。
眞弓　たぶん何ですか。

みなみ　カッターナイフを突き付けて「真相をしゃべれ」と。
眞弓　そんな――。（と泣く）
藤枝　泣くなッ。まだ何かされたわけじゃない。

杉山のところへ行く福田。

福田　武器が必要じゃありませんか。
杉山　武器――なんで？
福田　こういう場合の最終局面は武力突入です。
杉山　まあ。
福田　何か探してきますッ。
杉山　それだけは避けたいが、まあ一応頼む。
福田　任せてくださいッ。

とその場を去る福田。

杉山　（福田に）勝手に突入するなよーッ。
佐藤　あたしも行きます。
杉山　君はいいッ。
佐藤　いえ、あたしは廊下のドアを見張ります。もう児童はいませんが、念のため。
杉山　……そうしてくれ。

佐藤　仕事ですから。

佐藤は無愛想にその場を去る。
前に出てくる岡林。

岡林　わたしも――。
杉山　じっとしててくださいッ。
岡林　ハイッ。

と椅子に座る岡林。
杉山に近付く藤枝。

藤枝　で、どうします。
杉山　……。
藤枝　このまま手をこまねいて静観ですか。
杉山　いや、他にもやるべきことはあるはずです。
藤枝　何を。
杉山　考えましょう、彼女を説得してこっちに来てもらうことを。
藤枝　そんなこと言ってる場合ですかッ。子供たちを人質に取られたんですよッ。
杉山　じゃあ他に何ができるんですかッ。

と大きな声を出してしまう杉山。

杉山　あ――すいません、大きな声を出して。
みなみ　説得っておっしゃいましたよね。
杉山　ええ。
みなみ　それは、つまりあたしたちにあの女が言ってることを認めろってことですか。
杉山　まあ、それも一案です。
藤枝　そんな馬鹿な。不合理だ、そんなのは。
井上　お言葉ですけど、その台詞はさっき正太くんのお母さんが何度も言った台詞と同じです。
藤枝　……くそッ。
みなみ　いいでしょう。認めましょう、あの女が主張してることを。
眞弓　奥さん――。
みなみ　勘違いしないで。本気で認めるわけじゃありません。あくまでそういうフリをして、あの女を安心させるだけ。
綱取　案外すぐに出てくるんじゃないか、そんな面倒なことしなくても。
杉山　まあ、こればかりは予測できませんからね。
藤枝　相手は女だ。子供でも二人がかりで飛び掛かればこう――。

と架空の相手を組み伏せる藤枝。

内堀　けど相手はカッターナイフを――。

藤枝　……。
杉山　とにかくまず向こうの出方を見ましょう。
人々　……。
杉山　下手に手を出して相手を刺激するより、まず相手の要求を待つ。ネゴシエーションの基本です。
眞弓　何ション？
杉山　ネゴシエーション——交渉術です。
藤枝　杉山先生。
杉山　ハイ。
藤枝　ずいぶんいい体格をされてるが、まさか元警察官なんて言わないですよね。
杉山　元は——親父の八百屋を手伝ってました。
藤枝　「へいらっしゃいッ。今日は大根が安いよッ」——ッてやらせるなよッ。

と内堀、カーテンの閉まった窓に顔をつけて、内部の様子を伺う。

井上　どうですか。
内堀　何も聞こえません。
井上　……そうですか。

黙る人々。

眞弓　なんでこんなことに——。

黙る人々。
杉山、窓のところへ行き窓を叩く。

杉山　新井さん、落ち着いて聞いてくださいッ。いいですか、わたしたちは何もしませんッ。だから早まったことだけはしないでくださいッ。お願いしますッ。

校長室の方に聞き耳を立てる人々。
反応はない。

内堀　反応がありません。

杉山　（窓を叩き）聞こえましたかッ。反応がないと不安なので、イエスかノーかを教えてくださいッ。

校長室の方に聞き耳を立てる人々。
反応はない。

内堀　反応がありませんッ。

杉山　（窓を叩き）お願いしますッ。反応してくださいッ。

藤枝　イエスなら窓を二回、ノーなら三回。

杉山　イエスなら窓を二回、ノーなら三回叩いてくださいッ。

校長室の方に聞き耳を立てる人々。
「コンコン」と窓から音がする。

内堀　ははは反応がありましたあッ。今、コンコンと、二回、ここから反応があーッ。
杉山　うるさいッ。わかってるよッ。

校長室の方に聞き耳を立てる人々。
「コンコン」と窓から音がする。

内堀　二回ですッ。つまり「イエス」ですッ。
杉山　早まった真似をしないでくださいッ。いいですねッ。

「コンコン」と窓から音がする。

内堀　二回ですッ。つまり「イエス」！
杉山　ありがとうッ。——あなたの要求は何ですか。

校長室の方に聞き耳を立てる人々。

井上　こちらから言わないとッ。

杉山　そうか。えーと――。

綱取、「金」とゼスチャー。

杉山　金ですか？

「コンコンコン」と窓から音がする。

内堀　「ノー」ですッ。

藤枝、「飛行機」とゼスチャー。

杉山　飛行機ですか？

「コンコンコン」と窓から音がする。

内堀　「ノー」ですッ。

みなみ、「子供たちの命」とゼスチャー。

杉山　（わからず）……何ですか、それ。

みなみ、必死で「子供たちの命」とゼスチャー。

井上　口で言えばいいじゃないですか。

みなみ「子供たちの命」――ですッ。

杉山（窓に）子供たちの命ですか？

聞き耳を立てる人々。

と「バーン！」という銃声が聞こえる。

人々　！

驚愕で腰を抜かす人々。

杉山　じゅじゅ銃声か、今のは――。

内堀　ハ、ハイ。

杉山　そんな――。

眞弓　イヤイヤイヤイヤイヤイヤイヤッ。

とパニック状態になる眞弓。

藤枝　おちおちおち落ち着くんだッ。（と介抱する）

とそこに福田が会議室の入り口からやって来る。
運動会で使うスターターを手にしている。

福田　すいませんッ。誤って引き金を――。ハハ。
人々　……。
福田　スターターです、運動会で使う。威嚇か何かで使えると思って。
杉山　……ハハハハ。
内堀　ハハハハ。
綱取　ハハハハ。
藤枝　ハハハハ。
みなみ　ハハハハ。

井上と眞弓以外の人々、福田に近寄りボカボカと殴る。

杉山　紛らわしいことすんなッ。
藤枝　殺すぞ、てめえッ。
綱取　何考えてんだッ、このタコ！
みなみ　ふざけんなよッ、この天然パーマが！
福田　すすすいませんッ。ゆゆゆ許してくださいッ。

と佐藤がいつの間にかいる。
佐藤に気付く人々。

人々　……。
佐藤　お騒がせしてすいません。……タア！

と佐藤、福田をスリッパで殴る。
佐藤、福田を引っ張ってその場から去る。
溜め息をつく人々。

眞弓　……ハハハハ。
藤枝　どした、眞弓。
眞弓　ヤバいかも。
藤枝　何が？

眞弓、お腹を触る。

藤枝　ハハハハ。嘘だろ。
眞弓　おおーッ！

と苦しみ出す眞弓。
それを介抱する藤枝、井上。

井上　つつつ綱取先生ッ。
綱取　うむ。

と眞弓を診断する綱取。

綱取　大丈夫。まだ出てくる時期じゃない。さっきの銃声でちょっと驚いただけだ。深く息を吸ってッ。
眞弓　（深呼吸する）

井上、杉山を窓に促す。

杉山　あ、そうだったッ。

窓に近付く杉山。

杉山　今の音はこちらのミスですッ。何でもありませんッ。びっくりさせて申し訳ありませんでしたッ。ゆゆ許してくださいッ。

聞き耳を立てる人々。

内堀　ははは反応がありませんッ。

杉山、窓に顔を近付け、必死に懇願する。

杉山　お願いですッ。子供たちに危害だけは——。

とカーテンがサッと開く。
窓際にカッターナイフを持った延子がいる。

杉山　ひゃあーッ！

と尻餅をつく杉山。

内堀　うほーッ！

と同じように尻餅をつく内堀。
延子、窓を開ける。

延子　しばらく、静かにしててくださいッ。

延子、窓を閉め、カーテンを引く。

人々　……。

窓に近付く内堀。

と、カーテンが開き延子が出てくる。

内堀　ひょえーッ。

と腰を抜かす内堀。

延子　それと——学校でゲームをするのは禁止です。

と眞弓の渡したゲーム機器を差し出す延子。

それを受け取る杉山。

延子、窓を閉め、カーテンを引く。

みなみ　なかの様子は？

杉山　いや——。

みなみ　どうなんですかッ、子供たちは！

杉山　一瞬のことだったので何とも――。
みなみ　……。

麦茶を眞弓に飲ませる井上。
落ち着いた眞弓。

綱取　こっちは大丈夫です。
藤枝　お手数かけました。
綱取　いや――これが仕事ですから。

黙る人々。
と雨が降ってくる。

みなみ　雨――。

会議室の窓辺へ行くみなみ。
黙っている人々。
眞弓の汗を拭いてやる井上。
残された遺書めいた紙を見ている綱取。
教科書を見ている藤枝。
ウロウロしている内堀。

ゲーム機器を眞弓に渡す杉山。
それぞれに過ごす不安の時間――。

岡林　（前に出て）……飴、食べますか？

人々、それを無視する。
岡林、悄然と元の椅子に戻る。
雨――。

井上　真相を教えてください。
みなみ　え？
井上　ほんとは「ぼくがやった」と言ったんじゃないですか。

二組の両親に注目する杉山ら。
何も言わない綱取、みなみ、藤枝、眞弓。

井上　まあいいです。
人々　……。
井上　どちらにせよ、あなたたちの言動がこういう事態を招いたんです。
人々　……。
みなみ　じゃああなたはどうすればよかったと言うんですか。

井上　……。
みなみ　あの子たちをいじめの犯人にして、世間のさらしものにすればよかったと言うんですか。
井上　もしいじめを行っていたのが事実ならそうするべきです。
みなみ　それが正義だと思う？
井上　それ以外の正義があるっておっしゃるんですか。
みなみ　あなたの正義とわたしたちの正義は違うの。
井上　……。
みなみ　母親にとっての正義は子供をどんなことをしても守ることなのよ。
井上　……。
みなみ　子供のいないあなたにはわからないかもしれないけれど。
井上　そんなの——異常です。

黙る人々。
仁志のゲーム機器を見ている眞弓。

眞弓　あの子、いつも一番早かったのよ。
井上　ハイ？
眞弓　運動会で——かけっこの順番。
井上　？
眞弓　この前の運動会までは。

杉山、内堀も「？」となって眞弓の言葉に聞き耳を立てる。

眞弓　初めて二番になったの、あの子、春の運動会の競争で。
人々　……。
眞弓　すごく悔しかったんだと思う。
人々　……。
眞弓　競争で一番早かったのは正太くん。
人々　……。
眞弓　わかってました——あの日からあの子の様子が変だったこと。
藤枝　おい——。
眞弓　七月一日——雨の夜。
藤枝　言わなくていいッ。
眞弓　あの子、泣きながらあたしに言いました。「正太くんが階段から落ちた」って。
人々　……。
眞弓　聞きました、あたし、詳しいことを、あの子に。
人々　……。
眞弓　塾の帰りに直くんと二人で正太くんを学校に呼び出したって。
みなみ　眞弓さん——。
眞弓　直くんはとってもいいお友達。ヒーくんも直くんが大好き。いつも二人で遊んでる。
人々　……。
眞弓　だから福田さんの言ってることは間違いじゃないんです。

人々　……。
眞弓　なのになんで嘘をついたか――。
人々　……。
眞弓　あの子に気に入られたかった。
人々　……。
眞弓　ご存じじゃないかもしれないですけど、あたし、藤枝の後妻です。
人々　……。
眞弓　あの子の本当の母親じゃない。
人々　……。
眞弓　だからとってもいいチャンスだったの、あの子の本当の母親になれる――。
人々　……。
眞弓　ごめんなさい。

と涙を流す眞弓。

井上　相手が違います、その言葉を掛ける。
眞弓　……そうね。ふふ。

黙る人々。

みなみ　ハハハハ。

と笑い出すみなみ。

みなみ　約束がちがいますよ、眞弓さん。
眞弓　けど――。
みなみ　言っとくけど、あなたの気持ちなんかどうでもいいのよ。
眞弓　……。
みなみ　そんな――こんなちょっとしたことで……そんなことでどうするのッ。
人々　……。
みなみ　あたしは認めませんよ。証拠なんてひとつもないんですから。
人々　……。
みなみ　だいたいあんな女にあたしたちの何がわかるって言うのッ。
綱取　やめなさい。
みなみ　男に捨てられて、弁当屋のパートなんかして、あんなボサボサの髪して平気で生きてる女に
　あたしたちの何が――。
綱取　やめろッ。

と大きな声を出す綱取。

みなみ　……。
綱取　申し訳ありません。

杉山　いえ――。
綱取　お恥ずかしい話ですが、現在、別居中なんです。
内堀　え？
綱取　直行が中学に入ったら正式に離婚するつもりです。

とみなみを見る綱取。

みなみ　……。
綱取　最初はわたしも思いました。正太くんとお母さんにきちんと謝罪しなければならないと。
みなみ　あなた――。
綱取　そう――最終的に直行もうなずきました。「正太くんをいじめてたのか」と聞いたら。
人々　……。
綱取　直行は「ごめなさい」と謝りました。ふだんならそんなことする男じゃありません。しかし、ちょうどその日、親権のことでコイツとちょっと揉めてた最中だったんです。
人々　……。
綱取　殴ってしまいました、直行を。
人々　……。
綱取　わたしに取りすがって、コイツは泣きながら言いました。
人々　……。
綱取　「お願い。なんとしても直行を守ってくれ」と。
人々　……。

綱取　若い女に走ったダメ亭主――これから離婚しようっていう憎い旦那にです。
人々　……。
綱取　「直行にできる最後の仕事かもしれない」――そう思いました。
人々　……。
綱取　何とかしてやりたいと思いました。
人々　……。
綱取　人の道に外れたことだというのはわかってます。
人々　……。
綱取　けれど、何とかしてやりたいと思ったんです。
人々　……。

と校長室に向かって土下座する綱取。

綱取　許してください。

と頭を下げる綱取。

人々　……。
綱取　だからお願いです。直行と仁志くんを解放して出てきてくださいッ。

黙っている人々。

藤枝　そんな泣き落としであの女が出てきてくれれば苦労はないですよ。

綱取　……。

と綱取、あきらめて立ち上がる。

と校長室の窓が「コンコン」と鳴る。

人々　……？

もう一度「コンコン」と窓が鳴る。

内堀　二回――「イエス」です。

と「ガチャ」と校長室のドアが開く。

延子が校長室から出てくる。

手にカッターナイフ。

人々　……。

延子、ゆっくりと杉山に近付く。

身構える人々。

と延子、カッターナイフを杉山に差し出す。
杉山、それを受け取る。
藤枝、延子に飛びかかり、摑まえる。

藤枝　何ボケッとしてんですかッ。手伝ってくださいよッ。

しかし、男たちは手伝わない。
藤枝、延子を椅子に強引に座らせる。
延子は抵抗の気配がまるでない。
眞弓が隣室へ走って去る。
続いてみなみと内堀。
舞台に残る綱取、藤枝、井上。
校長室から眞弓たちの声が聞こえる。

眞弓（声）　ヒーくん！
みなみ（声）　大丈夫ね。もう何も心配しなくていいのよッ。
眞弓（声）　ごめんね、こんなことになって。ごめんねッ。（と泣く）
内堀（声）　杉山先生ッ。あっちのドア、開きましたッ。

その声を聞いている人々。

藤枝　ッたく人騒がせな女だぜ。

それ以上、延子を非難できない藤枝。
黙っている人々。

藤枝　……。

杉山、会議室の入り口から佐藤を呼ぶ。

杉山　佐藤さんッ。お願いします。

佐藤が無愛想に現れる。

佐藤　何ですか。
杉山　ドアが開きました。子供たちをあっちへ。
佐藤　わかりました。（と行こうとする）
杉山　佐藤さん。
佐藤　ハイ。
杉山　いろいろありがとう。
佐藤　仕事ですから。

佐藤、無愛想に校長室に去る。

佐藤（声）　よかったねぇッ。怖かったでしょッ。もう大丈夫だからねッ。喉乾いたでしょッ。あっちでジュース買ってあげるッ。ほら、ママたちといっしょに行こうッ。レッツ・ゴー！

と佐藤、みなみ、眞弓らが校長室の廊下のドアから去る気配。
内堀が戻ってくる。
真ん中の椅子で黙っている延子。
それを囲む形の杉山、井上、綱取、藤枝。
延子の表情はなぜか晴れ晴れしている。
雨――。

杉山　これで気がすみましたか。
延子　……。（とうなずく）
杉山　それは――よかった。

と噛み締めるように言う。

人々　……。

そこにみなみと眞弓が帰ってくる。

杉山　二人は？

みなみ　大丈夫です。

眞弓　（うなずく）

杉山　そうですか。

雨――。

井上　何をしたんですか――あっちで、子供たちに。

人々　……。

延子　話をしました。

人々　……。

延子　あたしが正太のことを話したら――。

人々　……。

延子　謝ってくれました、二人ともちゃんと――「ごめんなさい」って。

人々　……。

延子　最初は思いっきりひっぱたいてやろうと思ってましたけど。

人々　……。

延子　あたしの話を真剣に聞いてくれて。

人々　……。

延子　そんな二人の顔を見てたら、とてもそんなことできなくなりました。

人々　……。
延子　すごく悔しいけど。
人々　……。
延子　正太よりずっと賢いお子さんに思えました。（と笑顔）
人々　……。

延子、立つ。

延子　お騒がせして——ごめんなさい。

と深く頭を下げる延子。

杉山　いいんですか、これで？
延子　ええ。直行くんと仁志くんが約束してくれましたから。
人々　……。
延子　「正太に変なことはもう絶対しない」って。
人々　……。
延子　警察に行きますか？
杉山　はあ。

と綱取たちを見る杉山。

杉山　どうしましょうか、みなさん。
人々　……。
杉山　勝手な意見ですが、お子さんたちは無事だったわけですし、ことさらにそんなことをしなくてもいいと思うのですが。
人々　……。
杉山　いや、もちろんみなさんのお怒りはごもっともだと思います。けれど――。
綱取　いいですよ、それで。（みなみに）お前もそれでいいよな。
みなみ　（うなずく）
杉山　藤枝さんもそれでよろしいですか。
藤枝　……いいや。断じて許せませんね、わたしは。
人々　……。
藤枝　これは拉致監禁ですよ。とんでもない犯罪だ。しかも、学校の校長室で。まったく非常識にもほどがあるッ。

眞弓、藤枝に「許してあげて」という顔。

藤枝　……いいですよ――許します。
杉山　ありがとうございますッ。
井上　ありがとうございますッ。
内堀　あーよかったッ。ハハハハ。

黙っている人々。

とそこに埃《ほこり》にまみれて真っ白になった福田がやって来る。

重そうな丸太を持っている。

福田　探してきましたッ。みみ見てください、これッ。これならドアをドーンとブチ破ることができますよッ。いやあ、参りましたよ、倉庫の奥から引っ張り出してきたんで埃がすごくて——。

杉山　ご苦労様。けど、もういらないから戻しといてください。

福田　そうなんですかッ。

人々、福田を「帰れ」という顔で見る。

福田　その顔は「お呼びでない」ということですよね。

杉山　その通り。

福田　わかりました。ハハハハ。

とショボリとその場を去る福田。

杉山　では、本日の会議はこのへんで。みなさん、お疲れ様でした。

堀内　お疲れ様でしたッ。

延子、正太の教科書や遺書らしき紙を片付ける。
それを手伝う井上と内堀。
みなみと眞弓だけ動かない。

杉山　まだ何か——？
みなみ　ひとつだけ延子さんに聞きたいことが。
延子　ハイ？
みなみ　話をしたって、向こうで、直行たちに。
延子　ええ。
みなみ　何を話したんですか。
延子　はあ。
眞弓　あたしも聞きたいです——もし、聞かせてもらえるなら。
みなみ　あのボールは何ですか。
藤枝　ボール？
みなみ　あの子、サッカーボールを大切そうに——。

言いにくそうな延子。

みなみ　言いにくいこと？
延子　まあ。

延子の言葉を待つ人々。

延子　不思議じゃありませんでしたか。なんで正太がみんなから問い詰められても絶対に直行くんと仁志くんの名前を出さなかったか——。

人々　……。

延子　そもそも階段から落ちて怪我した時も「自分で転んで怪我した」と正太は言ったんです。

内堀　それは、その、脅迫と言うか、「言うな」と言われてたからじゃないんですか。

延子　……。

井上　それか仕返しを恐れたからじゃ——？

延子　報告書にそう書かれてましたよね。

井上　そうじゃない、と？

延子　ええ。

井上　じゃあ何ですか。

延子　想像に過ぎませんし、親馬鹿と思われるとヤですけど。

人々　……。

延子　ご存じの通り、あの子、頭はよくないけど、とても優しい子なんです。

人々　……。

延子　だから、ひどいことされても——二人のことを庇《かば》ったんだと思います。

井上　庇った——？

延子　いや、ちがうかな。正太は直行くんと仁志くんのこと、友達だと思ってたんだと思います。

「友達」という言葉に意表を突かれる人々。

延子　だからあの子はどんなに追及されても二人の名前を出さなかった――。

人々　……。

延子　そういうの間抜けって言うのかもしれないけど。ふふ。

人々　……。

延子　そのこと話したら二人ともキョトンとしてました。

人々　……。

延子　サッカーボール――「直くんに返してくれ」って、正太が。

人々　……。

延子　忘れて帰ったらしいんです、直行くんが――三人で最後に遊んだ日に、公園に。

人々　……。

延子　今日の出掛けです。正太は玄関先に足引き摺りながら来て、あのボールあたしに渡して――「直くんはサッカーが大好きだから早く返して」って。

人々　……。

延子　そしたら、二人とも泣き出しちゃって――。

人々　……。

延子　お恥ずかしい話だけど、あの子の父親がそういう人でした。

人々　……。

延子　誰でも彼でも馬鹿みたいに信じて――。

人々　……。

延子　そのあげくが借金作ってあたしと正太を捨てて逃げちゃいましたけど。

と笑顔で言い正太の教科書を見る延子。

人々　……。
延子　ほんと子を見れば親はよくわかるってのは本当ですね。
人々　……。

延子、嗚咽する。
それを見ているだけの人々。

延子　……すいません、余計なことを。
井上　いえ。
延子　じゃあ、お先に。今日は本当にありがとうございました。

と一礼してその場を去ろうとする延子。

藤枝　あの——。
延子　(止まり) ハイ?
藤枝　申し訳ないと思ってます。
延子　え?

藤枝　これ、学校に持ち込んだのは。

とゲーム機器を見せる藤枝。

延子　そうね。ふふ。
藤枝　……。
みなみ　新井さん。
延子　ハイ。
みなみ　……正太くんによろしく。
延子　ええ。

みなみ、延子に頭を下げる。
それに続いて、人々も頭を下げる。
延子はその場を去る。
黙っている人々。

井上　行ってあげてください、お子さんのところへ。
みなみ　ええ――。
杉山　ご心配なく。学校としては、この件は今日の段階では公表しないつもりです。
人々　……。
杉山　ま、来週以降の正太くんたちの様子を見てからでないとわからないところもありますが。

両親たち、ホッとする。

藤枝　じゃあ我々も。
杉山　お疲れ様でした。内堀先生、子供たちのところにご案内して。
内堀　ハイ——こちらです。
眞弓　いろいろお世話に。
井上　元気な赤ちゃん、産んでください。
眞弓　ありがとう。

とその場を去る藤枝たち。

綱取　行こう。
みなみ　ええ。
綱取　どした?
みなみ　ちょっとだけ待って。

みなみ、井上のところへ行く。

みなみ　井上先生。
井上　ハイ。

みなみ　……うちの子をどうかよろしくお願いします。
井上　こちらこそ。
みなみ　ごめんくださいませ。
綱取　それじゃ失礼します。
杉山　失礼します。お気をつけて。

と綱取とみなみは去る。
舞台に残る杉山、井上。
そして、すべてを傍観していた男——岡林。
岡林、立ち上がる。

杉山　わあッ。びっくりした、すっかり忘れてました。いたんですね。
岡林　……。
杉山　お帰りですか。
岡林　ハイ。
杉山　そうですか。あ、約束を忘れないでください。他言は無用ですよ。
岡林　もちろん。
杉山　お気をつけて。
岡林　……。
杉山　何か？
岡林　お役に立てなくて申し訳ありませんでしたッ。

と頭を下げる岡林。

杉山　いえ、そんな。それに最初から何も期待してませんから。
岡林　……ハハハハ。
杉山　ハハハハ。
井上　ハハハハ。

奇妙な間。

岡林　とても勉強になりました。
杉山　そりゃよかった。
岡林　ありがとうございましたッ。

と心から言う岡林。

岡林　では——。

と校長室に去る岡林。

杉山　……。

井上　……。

岡林、戻ってくる。

岡林　出口を間違えました。ハハ。あ――飴、食べますか？
杉山　……いただきます。

岡林、飴を杉山と井上にあげて、自分も食べる。

岡林　ではッ。

と会議室の入り口から去る岡林。

井上　（見送って）……。
杉山　何だね。
井上　いや、不思議な人だったなあって思って。
杉山　同感だ。

杉山、会議室から校庭を見る。
同じように校庭を見る井上。
夕焼け空。

杉山　止《や》んだみたいだ。
井上　雨が？
杉山　ああ。

校庭を見る二人。

杉山　片付けましょう。

二人、移動したテーブルと椅子を元のように並べ変える。

井上　八百屋さんだったんですか。
杉山　まあ。
井上　初耳です。
杉山　誰にも言ったことないですから。

ほほ笑む二人。

井上　来週から夏休みですね。
杉山　ああ。
井上　みんないい夏休みを過ごせるといいですね。

杉山　ああ。
井上　（溜め息）
杉山　何ですか、溜め息なんかついて。
井上　子供はいいなあと思ってね。
杉山　え？
井上　守ってくれる親たちがいて。
杉山　そうですね。
井上　わたしたちももっと守ってほしいですよね。
杉山　ええ。
井上　保護者に優しすぎるんだよな、今の制度は。
杉山　ほんと。

テーブルを並べ終わる二人。

杉山　ここだけの話にしてくださいよ。
井上　ええ。
杉山　わたし、ずっと馬鹿親たちに言いたかったんですよ。
井上　何を。
杉山　「バカヤロー」って。
井上　同感です。言いましょうよ。
杉山　どこで？

井上　ここで。

井上、会議室の窓を開ける。

井上　（外に）バカヤロー！
杉山　ハハハハ。バカヤロー！
井上　バカヤロー！
杉山　バカヤロー！
井上　バカヤロー！
杉山　バカヤロー！
井上　……あーすっきりしたッ。ハハハハ。
杉山　ハハハハ。

しばらくしてから笑いやむ二人。
そして、夕焼けをそれぞれの気持ちで見つめる。
明日——また明日から新しい戦いが始まるのだ。

杉山　行きましょう。
井上　ハイッ。

井上は飲み物のコップの乗ったトレーを持って去る。

杉山もそれに続く。
誰もいなくなった会議室。
人々のいた椅子が九脚——。
それらを残してゆっくりと暗くなる。

エピローグ

と、そこに正太人形（延子が操る）がトボトボと出てくる。

正太「お芝居はこれでお終いです。今後の活動の参考にしますのでアンケートにご協力くださいませ。本日はどうもありがとうございましたッ」

と頭を下げる正太人形。
と小学生の女の子の特徴的な声がマイクを通して聞こえる。

女の子（声）「下校時刻になりました。学校に残っている児童は、車に気をつけて早くおうちに帰りましょう」

正太、その場で踊り出す。
その可愛らしさ。
と福田と佐藤が出てきて挨拶。
と内堀と杉山と井上が出てきて挨拶。
と藤枝と眞弓が出てきて挨拶。

と綱取とみなみが出てきて挨拶。
と延子が正太人形とともに挨拶。
と岡林が出てきて挨拶。
全員で一礼して終演。

［参考・引用文献］

○『いじめの構造』（森口朗著／新潮新書）
○『学校崩壊と理不尽クレーム』（嶋﨑政男著／集英社新書）
○『ザ・小学教師』（別冊宝島編集部編／宝島ＳＵＧＯＩ文庫）

あとがき

『父との夏』は自伝的な要素が強い戯曲である。作者本人が「自伝的要素が強い」などと人前で言うと、いささか羞恥心が疼くのだけれど、まあ、確かに作者の現実を元にこの戯曲は書かれている。

ところで、わたしは「現実を元に戯曲を書く」ということをしてこなかった人間である。では、何を元にしてきたかと言うと、フィクションを元にしていた。それは映画であったり、小説であったりしたのだが、とにかく自分の体験＝現実をそのまま芝居の題材にすることはほとんどなかった。それは、生の現実はわたしの考える演劇の題材にしにくかったせいもあるけれど、正直に言うと「そんなタコが自分の足を食うようなことをしてたまるか！」「現実を元にするとはすなわち想像力の敗北を意味するのだ！」「そんなはしたない真似はしたくない」という思いもあった。現実には体験しなかったことを想像する力で体験するのが劇を書くということだと思っているし、それが広い意味での演劇行為だと思っている。貧困な現実より華麗な虚偽を愛する――カッコつけて言えばそういう思いで芝居を作ってきたつもりだ。

けれど、年齢を重ねるにつれて、生半可なフィクションだと酔えない自分に気付いたのも確か。絵空事ではない「本当のこと」をきちんと劇に盛り込みたいという思い――言うなれば、より強いアルコール度数の酒でないと酔えないアル中患者のようなものかもしれない。この芝居のアルコール度数がどれだけ高いかはさておき、とにかくわたしは、現実を元にこの戯曲を書いた。だから、わたしにとっては今まで作ってきたものよりアルコール度数(＝真実度)は高いと思う。
三田村組の公演としての上演を経て思ったのは、オーソドックスな家族劇を書いたつもりが、案外わたしらしい実験的な味わいもある劇なのだなあという感想だった。過去と現在が同一空間に同居して劇が進行していくその描き方にせよ、過去の人物と現在の人物が会話するという手法にせよ、老人が少年を演じるというその趣向にせよ、登場人物に劇作家がいて、彼が父の話を聞いて着想を得て、その構想を練っていくという構造にせよ「リアルな家族劇」というには余るメタフィクショナルな魅力(?)が舞台にはあった。加えて、何より幸太郎を演じた三田村周三さんの圧倒的な存在感が劇に命を吹き込んでくれたのはまちがいなかった。言葉に真実を吹き込んでくれるのは、その俳優の肉体のリアリティに他ならないのだ──そんな当たり前のことを再認識した公演だった。

『正太くんの青空』は、自伝的要素は全然ない戯曲である。わたしは「学校の先生」というものにロマンチックなあこがれを持ったこともないし、コドモがいないので彼らの気持ちを想像する機会が少ない。そもそも、わたしが小学生の頃は〝いじめ〟という言葉自体まだ使われていなかった。しかし、わたしの伯父は長いこと小学校の校長先生をしていて、親戚筋には学校の教師が割りに多い。また、この十年余り、わたしは専門学校や大学で演技や劇作の講師を務めており、立場的には「先生」と呼ばれる境遇にある。わたしの受け持つクラスの生徒はみな十八歳以上のオトナではあるけれど、そういう意味でも学校という場所は身近にある。同級生を含めてわたしの友人たちはみな中学生、高校生、大学生くらいの子供を持つ親御さんたちが多い。そんな環境があって、三十代の役者たちのために教師と親たちを主人公にした劇を書いてみたいと思い至り、本作ができた。

執筆にあたっては、現役の小学校教師であるYさんに取材をさせてもらい、多くの助言をいただいた。深く感謝の意を表したい。

ところで、わたしは『十二人の怒れる男』（レジナルド・ローズ作）を映画で見て以来、「裁判劇」をやってみたいとずっと思っていた。本作は裁判劇ではないけれど、こういう形で裁判劇もどきができたのはうれしい。これを発展させて、いつか本格的な裁判劇を書いてみたいと意欲を燃やしている。

本作はオフィス★怪人社のＩＫＫＡＮさんとサンモールスタジオの佐山泰三さんと組んで作った「Ｗｉｔ」の公演として構想されて上演された。時間の省略や場所の移動のない一幕劇形式の芝居を久し振りに書いたけれど、上演を経て、やはり、芝居の原点は一幕ものだと再認識した公演だった。

出版に当たっては、いつもの通り装丁の栗原裕孝さんと論創社の森下紀夫さんにお世話になった。深くお礼申し上げる。

二〇一一年六月

高橋いさを

［上演記録］

『父との夏』

■日時／二〇一〇年四月二十一日～二十九日（全十三ステージ）
■場所／新宿サンモールスタジオ

［スタッフ］
○作・演出／高橋いさを（劇団ショーマ）
○美術／香坂奈奈
○照明／和田典夫（満平舎）
○音響／小沢高史
○舞台監督／古屋治男
○衣裳／大野典子
○ヘアメイク／本橋英子
○宣伝美術／由比まゆみ（egg design）
○写真・ビデオ撮影／坂元一弥
○制作／島田敦子・早川あゆ（J—Stage Navi）
○当日制作／井上恵子
○プロデューサー／三田村周三（三田村組）
○製作／三田村組

［出演者］
○野川幸太郎／三田村周三

○野川哲夫／蒲田哲
○野川洋子／田口朋子
○川上順子／石井悦子
○金坂省平／水口ケンロウ
○白鳥政江／田口朋子（二役）

『正太くんの青空』
■日時／二〇一〇年八月四日～八日（全八ステージ）
■場所／新宿サンモールスタジオ
［スタッフ］
○作・演出／高橋いさを（劇団ショーマ）
○美術／米野直樹
○照明／長澤宏朗・江藤弥生
○音響／佐々木孝憲
○舞台監督／鎌田有恒
○宣伝美術／内田真里苗
○演出助手／渡辺孝康・ＩＫＫＡＮ
○プロデューサー／佐山泰三（サンモールスタジオ）
○製作／Ｗｉｔ
［出演者］
○新井延子／永澤菜教

○綱取／康喜弼
○みなみ／虹組キララ
○藤枝／ＩＫＫＡＮ
○眞弓／四宮由佳
○杉山／杉田吉平
○内堀／ウチクリ内倉
○井上／おーみまみ
○福田／ロッキー
○佐藤／高円寺モテコ
○岡林／石川英郎・高橋いさを・矢吹卓也（日替わり）

［写真撮影］　由比まゆみ（「父との夏」）／原敬介（「正太くんの青空」）

高橋いさを（たかはし・いさを）
劇作家・演出家。
1961年、東京生まれ。劇団「ショーマ」主宰。著書『ある日、ぼくらは夢の中で出会う』『バンク・バン・レッスン』『極楽トンボの終わらない明日』『八月のシャハラザード』『リプレイ』『VERSUS死闘編〜最後の銃弾』『I-note〜演技と劇作の実践ノート』『映画が教えてくれた』『ステージ・ストラック〜舞台劇の映画館』（以上、論創社刊）など。

上演に関するお問い合わせ：
劇団ショーマ事務所　㈲ノースウェット
HP.http://www.interq.or.jp / kanto / fumi / showma / index. html
E-mail：pleinsoleil8404@jcom.home.ne.jp（PC）

父との夏

2011年8月10日　初版第1刷印刷
2011年8月20日　初版第1刷発行

著　者　高橋いさを
装　幀　栗原裕孝
発行者　森下紀夫
発行所　論創社
〒101-0051　東京都千代田区神田神保町2-23
電話 03(3264)5254　振替口座 00160-1-155266
web. http://www.ronso.co.jp/
印刷・製本　中央精版印刷
ISBN978-4-8460-0975-5